U060346

种 子 落 在 泥 土 里

上海教育出版社
SHANGHAI EDUCATIONAL
PUBLISHING HOUSE

苏 娅 著　　[日] 上 条 辽 太 郎 述

再 版 序

　　这本书像一串喻示了古怪讯息的鸟叫声，一度让我不安。简单说，初版（《六》）出版之后，六得到了一个工作机会，二〇一九年的春天，他们一家就离开了大理，开启新的生活。想到那段告别在即的日子，最让人尴尬的事情莫过于，一些平时根本不联系的人会忽然跑来问一句：你知道吗，六要离开大理了。我心想：这不是在这本书写之前就已经注定了的吗？更何况，作者最终都会是自己作品的局外人，这也是早就注定的。

六曾有个愿望，在地球不同的地方实践农业，他最想种的当然是水稻。水稻和杂草的习性很像，只能生长在潮热的季风带。很有可能，六的这个愿望是徒劳的，所以他自己也说"只是一个轻轻的愿望"。但徒劳的事情，是一个神秘世界的锁孔，常常赠予人一份纯粹的快乐，超脱的快乐。所以我更在意的是，六又去了哪里？水稻种得好不好？更关心这条线索中人和事的变化，时间兀自溜走时留下的痕迹。

二〇一二年，六刚到大理时，一个人骑着单车背了个背包就来了，晚上就睡在朋友家的沙发上，等二〇一九年离开时，他和阿雅已经有了三个孩子，家当塞了满满一卡车。他们离开之后，我意识到这个世界的有和无是对等的。有些终将告别，有些还在继续。

二〇二〇年的四月底，我从大理去浙江六和阿雅的新家玩，正赶上六准备撒稻种、育秧。播种那天，天光刚刚泛白六就动身去田里平整田地。春天温暖的阳光缓缓爬过山上的林木，降临山谷，自然的声息渐渐洪大起来，鸟的叫声，土地和植物发散着温热的香气，还有更远处未知空间中传来的嗡嗡声，每一次田间的劳动，都在放大人的感觉，一种身心直接与自然、宇宙接触的获得感、满足感。如果从最多的合于目的性这个意义上来说，我相信农业是最好的劳动。

我想起，在六一家离开大理后的第三年，我陪朋友去过一次上银村。当时，朋友想在那里找一个可以租住的房子。我们后来顺道去看了看六一家曾经住过的小院。以前通向正门的石径，已被半人高的茂密的杂草湮灭了，我们又绕到后院，一座敞亮的白族农舍取代了原本几近荒弃的石墙小院，后院土墙上的仙人掌长得更壮硕了，凝神奇幻地伸向天空。

　　写下六的故事，很重要的原因是他说话的方式吸引我。他说的事，让人很容易感觉到，那些与自然离得近的人、在自然中劳动的人，语言中峻洁天真的气息。苍山上的护林员张口就跟你说，这座山上有多少多少泉眼在深茂的草丛中流淌；

村舍中做甲马的手艺人，顺手从胸口前的衣服口袋里摸出张小咒符，就直指垂悬高处的神明之力——他们的叙说方式与古老的神话叙事一脉相承，元气丰沛，只有直觉很少为经验与积习所束缚的人才能说出。他们在持久的孤默中生活，在发声之前，经历了漫长的倾听，而倾听是人不能主动终止的事情。当他们发声，语言只是倾听之后，意义的最终出口。

二〇二一年六月于大理

目 录

六

六 说

六

在异乡

跟随异乡人行走

彩 虹

七月，一个暴雨初歇的日子，我开车去银桥镇上银村，六一家就住在那里。也是从这里，开始了我们的第一次对话。

这里夏季多雨又干燥，风和太阳都大，路边干活的人唱歌的声音让太阳显得更大。老天爷会毫无征兆地下一场豪雨，你只能加快步子，待走进家门时，雨又停了，这时候，更厚的积雨云又悄悄堆积在天边，蓄谋下一场突如其来的大雨。

六

一天之中，暴雨和烈日轮番催化着这里的山川田野，雨带走一些什么，太阳又让它们长出来。

我在这里见过最多形状的彩虹。双彩虹、拱形的完整彩虹、彩虹的尾巴。从一个村庄伸向另一个村庄，甚至能看清彩虹一截截显现的过程，寻出上升或坠落的头绪。彩虹的尾巴最漂亮，有时是一小段，有时被裁成孤立的几段。往往这时候，天空已经黯淡了，暮色四合而来，只剩这一点凝固的颜色悬在天幕上，发出液态金属般的暖光，有留恋的意味。

我非常喜欢多雨又干燥的地方。我们的谈话，从夏天持续到冬天。

彩 虹

夏天，在六家的正屋或偏房的工作间里聊天，午后，六和阿雅的孩子和空、结麻在院子里玩耍，隐约传来孩子们嫩声嫩气、自带音效的日本语——咦、呢……各式各样的语气词浮动游移。雨后的天空蓬松、水灵。

我们用中文、手写的中文和日文词汇交谈。六熟练地在日、英、中三种语言之间自由切换，偶尔接个电话，说的也是同时切换着这三种语言的话，听得人暗暗称奇，忍不住对电话那头的人也好奇起来。

六说起做发酵的食物，酿酒、做味噌和豆腐乳……看不见的微生物在一段时间里相互作用，

六

形成发酵食物特有的风味，这有点儿像人和人在彼此的气息中交往，我们说了什么没说什么，是更重要的事。做发酵的食物，也是和看不见的东西打交道：制作时的温度和湿度、制作者的感觉、此时此刻的氛围……如果你的工作对象是看不见的东西，就要祈祷神灵的帮助。

六在说发酵食物时，把"发酵"带到了语言里。他的语言才能，能够把对话引向深入。一个再平常不过的事物，仿佛已经竭尽全力展示了所有，语言却能在最幽微的地方，又延伸进去，更深入一点。

冬天，我们在装了"火箭炉子"的阁楼上聊

彩 虹

天。十一月中，苍山上下了冬天的第一场雪，六

说：下星期你来的时候，我们把楼上的炉子生上

火，可以到楼上工作。"火箭炉子"是六亲手垒

的，他收集了废汽油桶和珍珠岩，砂石、砖头和

沙子——这些乡下容易找到的材料，运用炉体的

空间比例和珍珠岩的散热性能，最大限度让柴火

燃烧，再缓慢地释放热能，很节约柴火。在日本

和欧美的农村，"火箭炉子"仍被一些家庭采用。

很多个太阳偏西的午后，当我敲响六的家门

时，院子里传来劈柴的声音。楼上的炉膛里，已

经生起了火，隐约的柴火香笼罩着这所用石头、

泥和木头建造的房子。和空和结麻从镇上的幼儿

园放学了，趴在正屋小桌上的一团橘色的光里，

六

吃着阿雅备好的零食看动画片。阿雅刚给第三个孩子天梦喂完奶,她单手举起襁褓里的婴儿,站在门口,露出笑容:看——,我的猫。

结束谈话已是入夜时分。开车返回的路上,在细长的乡道上与人错车通过,互道感谢。很温暖的冬夜印象。

冬天的晚上,冷是世间唯一发出的声音。远远近近的犬吠、逡巡的风声、飞鸟的振翅,霜在草尖凝聚也带着很轻的音调。而此时,温暖的一切都是静默的。黑黢黢的田野里冒着灰白色热气的堆肥,村舍窗棂上的灯光,秃树梢上的鸟窝……温暖的一切,停留在没有意味的寂静里。

彩 虹

　　整个冬天,苍山上的山林和雪地持续地争夺着领地。每当山下的气温升高几度,夜晚就会刮起大风。风,轰鸣一整夜,从山顶直接地滚落下来,劈岩穿石,又在不远处的空地上盘旋一阵,向着东方的村落呼啸而去。第二天早上,湛蓝天空下树林的顶端,便薄薄地覆盖了一层雪。

　　月色不歇地雕刻着夜晚乡村的轮廓,瓦蓝色的山脊线在天际尽头延伸,田野反射着银亮的月色,世界映照在一层比白日更鲜明柔和的光亮中,枯草摇晃着一条灰白色小路。从海拔突降的村路上看山下的平地,树木杀气腾腾的,小巷转角昏黄的路灯下,几个晚归的老人默不作声地坐着,浮木一般松散。

六

我们的对话，大部分时候是顺畅的，有很多信息，隐藏在日常生活的皱褶里：一阵无人描述的风，一道皱纹，一句笑话……带来无尽的谈话乐趣。

但有时，又像有什么阻力存在，有可能是累了，有可能是那一天心情低落，话题和谈兴都显得艰涩无力。我意识到这一天将付诸东流，但回来听录音，在一段很长的沉默里，是雨季淅淅沥沥的雨幕背景音，沙沙沙的无垠与消隐的人声，偶尔听见一个浑圆的水滴落下，如坠落深潭般明净无惑。

那天在雨幕里，我们谈论"火"。六说，喜欢

彩 虹

看见火苗，现在虽然有很多方便的工具，煤气灶、电炉可以代替火炉，但还是喜欢生火的感觉，看见火，就很高兴。如果有朋友来，喝酒喝到微醺，安静地看着火，就很舒服。

我和六第一次见，是二〇一一年，我回大理看家人。一天下午，走到古城博爱路的榕树下，看见六在树下弹琴，我放了一点钱。第二天，经过那里，六还是在树下弹琴，我又放了一点钱。第三天依然，但我放钱时，六拒绝了。

拒绝我时，他好像宣告了一条心里早已明确的准则：连续三次接受同一个人给的钱，更像在接受施舍而非获得一份工作的回报。这个人所希

六

求的事物那么有限度？我对他好奇起来。这个猜
测，我后来问过六。他露出很淡的笑容，很害羞，
我也没再追问。

那一次，我们是在路上很偶然地遇到，没有
任何交谈。后来才知道，不久之后他就去了泰国
学按摩，我则回到北京，继续我的生活。

再次遇到六，他和妻子阿雅，还有两个孩子
已经在大理住下来，那是二○一四年的事，我们
也从北京搬回大理生活了。秋天的一个周末，我
去菜市买菜，从一个卖菜人手上接过几个茄子，
离开摊位时，他强调了一句：这是今年最后的茄
子了，吃了这几个就不要再吃了，冬天吃茄子会

冷。六的特意提醒，让我想起几年前我们见过。这是六留给我的第二个印象。

六是日本千叶县人，本名上条辽太郎。来大理后，因为"辽太郎"的日语发音听起来很像中文的"六"，大理的朋友就亲切地叫他"六"。六在千叶长大，十八岁和二十二岁两次离开日本，到澳大利亚、印度和中国旅行。他依靠劳动和服务换取免费的食物和住的地方。六喜欢的旅行方式是到一个地方住下来，做农业，了解当地的风土，在那里生活一段时间。

旅行是六喜欢的生活，他甚至幻想一生都在路上，不同的时期去不同的地方，用做农业的方

六

式随遇而安地融入异乡的普通生活。这样的旅行
方式，促成他一路上不停学习当地的技艺，融入
本地的生活。二十二岁的那次旅行，把他带到了
大理，暂时地定居下来。

　　一天清晨，我们在收割后的麦田边挖水渠。
水渠挖好后，灌满水，浸泡之后，旱地就成了水
田，用来种稻。秋天种麦子，春天收获；春天种
稻子，秋天收获。望远歇息时，六忽然说：迪亚
戈一家到泰国了，他们改装了一辆三轮车，去了
很多地方。

　　来自阿根廷的迪亚戈，是六在大理生活的头
几年干农活时帮忙的主力。六用自然农法种地，

彩 虹

不耕地也不锄地。他觉得翻耕土地会破坏土壤本
身的平衡，挖地会伤害或打扰到土地中的虫子和
微生物，如果它们活得不安稳，秧苗也不会长得
好。虽然不翻耕土地，但要用一根很长的木头把
收割后的麦地坑洼拨弄平整。这是个力气活，两
亩左右的田，六和迪亚戈花了一个多小时弄完。
然后，他们用稻草和了泥，把田鼠打的洞一个个
堵上，这样水灌到田里就不会再漏走。第一年耕
种水田，少不了平整土地的步骤，第二年就可以
省去了。

迪亚戈一家在大理住了三年，很快又出发继
续他们穿越世界的旅行，这让六羡慕不已。六喜
欢到不同的地方试验农业和小手工劳动的生产方

六

式，满足一家人的生活所需。种地是依靠经验的劳动，每到一个地方，至少需要两三年时间，才能了解当地的气候、土质和风俗。六有一个"轻轻的愿望"——在亚洲、欧洲、澳洲、美洲和非洲都生活几年，在世界上不同的地方做农业。

说到这个"轻轻的愿望"时，我们从田里回来了。六不经意地拂了一下廊檐下晒着的种子，到走廊尽头喝了口茶，自言自语地计算着时间：每个地方生活五年，就是二十五年。七十岁时我的人生会怎样？他拂着种子从廊檐下走过，有一股永远不会消退的少年意气。这是一个阳光猛烈几乎不流动的下午。我想，这个人可能永远不会为生计这样的事情发愁吧。

彩 虹

六说：终于过了三十了。二十二岁时，六从神户启程，先到了上海。在市中心的一个广场上，刚把弹琴的摊子支起来，就来了两个工作人员。他想，这个地方看起来不能干这行，就收拾好背包，买了火车票直奔昆明。

昆明也不是他想待的地方，大同小异的高楼和城市街景，匆忙的车流与行人。有人建议他去大理。他连夜坐夜班大巴到了大理的下关，下车一看傻眼了 —— 一样的高楼和街景。这就是大理吗？有人告诉他，你要去的大理，还得再走十五公里。他又坐了一程公交车，在清晨来到大理古城的人民路，见到的第一个人，是人民路上开酒吧的比利时人。

六

　　六来到一条主街上摆摊弹琴时，又来了两个工作人员，他只好匆匆忙忙收拾摊子。这时一个人跟他说：我有个地方，你可以去那里做音乐。这人叫木头，是个缅甸人。后来听说，木头忙很多事，做大生意。六就在木头家的沙发上落下脚来。七年后，当六一家从大理搬去浙江时，朋友们回想起那个只身背着个背包远道而来的小伙子，离开时已是拖家带口、带走一大卡车家什的父亲。对未知的幻想一刻也没有离开他。

　　在大理认识的第一个朋友木头，把六介绍给更多的朋友，把他带进大理的生活圈子。六觉得是机缘把他留在这里。走过那么多地方，在大理认识的第一个人，第一天就把家的钥匙给了他。

彩 虹

刚开始，六白天在路边做音乐，晚上去朋友的酒吧演奏迪吉里杜管。

三四月正是大理的风季。傍晚时分，一阵风从苍山顶端的山谷呼啸着滚落，扫荡平原，另一阵风又从洱海边的村庄拔地而起。你知道每一阵风明确的起点和清晰的轨迹，它被多大的力量推动着在空中交汇和角力，甚至距离你有多远，你都能感觉得清清楚楚。旷阔猛烈的风吹过原野，轰鸣一般低沉的响动依旧在上空回旋，像夜晚海浪的潮音，之后才慢慢变得沉缓轻微，而更远的地方，是真正未知的寂静。读风，风灌满思绪。

迪吉里杜管的声音来自一阵小型的风，从空

六

心的核桃木长管中发出。六辨析这阵风的来源，
控制它运动力的大小和起伏，保持循环的呼吸，
从不间断。停留在这样的呼吸里，身体便拥有
一股循环的力，被不断地冲刷、洗净。吹奏迪吉
里杜管的夜晚，睡得很安稳，秒针在墙上走完一
个一个圈，异乡空荡的天井里，月影穿过一朵朵
云，忽明忽暗，永不止息。

到大理停留一个半月后，六出发去泰国学按
摩。他想，如果学会按摩，就可以在有限的条件
下为房东和客人服务。如果一个人想依靠临时的
劳动将自己的旅程延长，尽可能地去更多地方，
就需要掌握更多的生存技能。

彩 虹

穿过西双版纳的热带密林，越过国境，再穿过老挝，到达清迈。六找到一位在日本人中非常有名的泰国老太太，在她的按摩学校驻扎下来，学习按摩的同时，帮老太太和十多个学生做饭。每天下课后，六就奔去菜场买菜，操持十几口人的晚饭。

当地的蟑螂很多，疯狂地繁殖、涌动，热带仿佛什么也留不下，生灭的速度都太快。没人愿意留在这所条件简陋的按摩学校，但六喜欢这位老太太开朗的性格，不太介意住宿条件，就住了下来。学期结束后，老太太让六继续留在学校帮忙做饭，只象征性地收取一点水电费，其余全免。她大概也看出六没多少钱。

六

这时候，阿雅也到了清迈学按摩，但和六不在一所学校。一个周末，同校的日本女孩约六去公园里的按摩工作坊看看。去公园的路上，他们遇到阿雅。阿雅是那个女孩在澳大利亚旅行时认识的，离开澳大利亚后，她俩第一次重逢。后来，他们又遇见了另一个日本女孩子。三个日本女人同时出现在我生活里，三个人的性格好像都有点奇怪，这种情况很少见啊。说到这里，六停了停，像是要在记忆的旋涡里打捞一点什么。

阿雅的老家在名古屋，六调侃了一句阿雅口音里爽朗豪放的"大名古屋腔"。她是家里排行最小的女孩，被父母和哥哥姐姐照顾得太好、管得太严，什么都有人替她做。她渴望独立的生活，

彩 虹

于是开始了一个人的旅行。阿雅计划先到泰国学按摩，再去印度学瑜伽。在过往的生活中，阿雅总是遇到一些跟她说"喜欢你"的男人，她对男人一直很戒备。

第一次见阿雅，六觉得阿雅长得好看是好看，但性格里的力气太大了。六随时能组合出"性格里的力气太大了"这样的中文句子，用来表达一些婉曲的意思。我感觉在说出这句话的瞬间，六飞快地嫁接了母语和中文的思维方式。

这些句子和词语像是第一次，且唯一一次被说出。

六

碰巧那时候，六也只想独自旅行，在谁都不需要男朋友或女朋友的时候，两个人默契而礼貌地保持着交往的距离。这样的距离让彼此更放松，也更真实。在泰国，阿雅有时会去六的学校找六玩，晚上道别的时候，六也只说：你可以一个人回去吗？

因为和六在一起很放松，阿雅很喜欢找他玩。这样过了一段日子，直到出发去印度的前三天，阿雅来找六，问他要不要一起去一个地方逛逛。六直觉地猜想：她是不是喜欢我？好吧，也许也是可以的。六觉得阿雅的心很干净，对人没有分别。而自己常常会想这个人好、那个人不好，判断和分别总是太多。跟这样的人一起生活，对改

彩 虹

变自己的心会有帮助。

在一起几天后，阿雅就动身去印度了。六在泰国又待了半个月，然后骑自行车回大理。一路上，有时候搭个帐篷，有时候帐篷也不搭。没有太多钱的旅行，大部分时候只能睡在野外。不过六喜欢待在自然里，来自自然世界的声音和气息拉长了路途与体验的长度。白天烈日炙烤的荒野给人膨胀而静止的感觉，暮色四合时，气温降下来，一切像又恢复了流动。沉寂的夜空中，天幕泛着浅紫的蓝，缓缓变化的星图、林木深处鸟雀和小动物起跳的声音……动与静，拉出一道细长的线条，热带的密林、河流和公路，空寂又曲折。

六

离开大理几个月后，六回来了。他高兴地告诉朋友：我会按摩了，我有女朋友了。

刚开始，六的服务对象是朋友和街坊。通过做按摩，他在大理认识的人越来越多。他总是背着一个可以随时铺起来的棉布卷，骑着电动车，走村串寨为大家按摩，不过一天最多接两三个人的活，够生活就可以了。那时候的大理，找大钱难，但找小钱还算容易。房屋租金和其他的生活成本都不高，大家活得很轻松，随便做点什么小营生就能愉快地过下去。

半年后，阿雅从印度来大理找六。他们在大理生活了六年，生育了三个儿子。六用自然农法

彩 虹

耕种着两亩水田和八分菜地，全家人的吃穿用度基本靠自己动手做。只要甘愿承受日复一日的体力劳作，他们就可以依靠农活支撑起全家五口人的日常生计，过喜欢的生活。

遍 路

第一次去六的家，沿着苍山边的缓坡一直向上走，山影里无数小路通向群峰，山坡上墨绿色的树冠与流动的云朵在眼前穿梭扑面，雨后的山巅在云雾中露出青灰色的崖壁。这种神秘高邈，却只展露一分钟，很快云就合上了。

六在电话那头说，从214国道上来，往山上走大约二三十米会经过我的稻田，别忘了看看我的田，稻子长得很大很好看。

六

六的稻田很容易辨认，它是附近唯一的一片水田，周围是大规模的蓝莓地。这块孤零零的田地黄里泛青，稻株的行距规整疏朗，稻穗还没沉甸甸地弯下来。六在这里只耕种了一年，田地的主人很快把它租给了收益更高的蓝莓种植公司，所以这一季，等不及稻穗完全长熟就得收割了。

站在田边，微风送来稻穗混合着泥土的香气，我没有察觉身后走来了一人。他忽然说：这是六的地。回头看见一张眼熟的脸，过了几秒钟，才想起在一次聚会上见过——他叫马良，是玩杂耍的法国人。他告诉我，下个月要回法国了，虽然很喜欢大理，但家里人催他回去。大理和阿尔卑斯山区很像啊，雨很多，太阳很大。不过这里有很多朋友，山林距离村子更近，还能学习按摩。
他喜欢东方的按摩。

　　苍山与洱海之间的缓坡上，十八条溪水匀净
分割了平地，村庄的尺度和距离像有着等分的比
例。正午的太阳弥散成白雾，雾让一切成倍增长，
隐没的，显露的。你甚至能看清楚远处田野上，
劳作的人弯腰收拾田地的身躯，身躯上微小的起
伏和纤毫毕现的尘土。

　　和马良简短交谈几句，我继续往山上的村子
里走。经过村口的大青树，心底映现的世界被分
隔成完整的两部分：一部分是游人熙攘的景区和
市镇生活，另一部分属于岑寂古老的乡村。

六

六站在大青树下，穿着灰棕色的作务衣和打着绑腿的作务鞋，戴了块洗得发白的蓝头巾。麻质的衣领沿一道对襟向下，宽松的裤腿被作务鞋束紧，鞋子和裤腿之间形成一道洒脱的皱褶。绕过村口的小广场，六灰棕色的衣衫，飘过坐在大青树下的老人们深浅层叠的蓝衣服，流光般的背景里，他几乎是以跳跃的方式穿过巷子里的石头小径。

路边有一眼清泉嵌在鲜亮温润的青苔里，泉眼朝南开了一道小口，渗出清浅的水流。后来我在阿雅的相册里，看到很多她和孩子们在这眼泉水边玩耍的照片。流水声不常听到，只在极安静的时候才浮现。有时在清晨路过，水声清亮幽微；

夕照时分，音色又是沉实饱满的。在蔓延的寂静里，轻微的声音转化了小村上空的单调。天空的蓝，深远明净。

拨开头顶缠绕的藤萝，走过长满杂草和竹子的小径，尽头就是六的家。

该怎么形容这座用泥土、石头和木头建成的院子？第一眼的印象是荒芜。最先进入视线的是南面一堵垮掉一半的石头墙，颓败的土墙上方长着一丛壮硕的仙人掌，枝头金黄明亮的仙人掌花好似钟铃朝着日光生长，衬着远处的灰蓝色山影，原始丰饶。一株一株淡棕色的狗尾草在屋顶的瓦楞间摇晃，线条柔韧挺拔，毛茸茸地覆盖着整个

六

屋顶。粉色的牵牛花缀满石墙，野菊摇曳的枝干和花冠缩短了视线和天空的距离，云朵游移不定，仿佛伸手可触。

石墙中间嵌着木头柱子，过去这里应该是一间完整的厢房，如今空地上只有一张石桌，上面是孩子们的彩色玩具。一个没有完结的游戏。站在院子中央，一串轻轻的说话声从院墙外的屋顶上传来，隔壁的两个朋友在低垂的云影里聊着闲话，梦呓般飘逝。

六家院子的空地上散落着简易桌椅和儿童单车，角落里放着雨鞋、雨衣、背篓、镰刀之类的生产工具。这些满足日常所需的物件，建立起我

遍 路

对这个家庭的第二印象：他们过着一种简朴、实用的生活。

正屋的廊檐下挂满当季收获的种子：葱、大蒜、胡萝卜和罗勒。六转过身，抬头看了看这些蓬松饱满的、悬浮着的小星球说：农民最幸福的时刻就是收获——把最好的果实选出来，留作种子。做农业的快乐是感受得到季节循环，能够一年一年做下去，种子不说话，但它跟我们有交流。自己留种子的农民肯定是这样的心情。

这是六和阿雅在大理的第三个住家。他们租下这所房子前，这里早已荒置，是一个四合杂院。他们从五位房东手上租下来。六先跟第一个房东租下西面的正屋，又跟另一个租下北面的厢房。待房子陆续修缮完工，已是一年以后了。一天上午，东面空地上的三个女房东一齐出现了——之前，六并不知道房东一家在哪里，只听说在外面做生意。女房东朝空地上一指，要了个离谱的租价，作势如果不能接受就把大门给封住。阿雅用日本女人特有的方式，匍匐在地，作礼，请求三位慢一点动手。这个出于习惯的动作阵势太大了，女房东以为这就是下跪，集体吓蒙过去。女房东回去之后，过了几天，传话过来，让了点租金。六听说，当时村里有一些议论，房东的孩子们听到了，年轻人回去替六一家跟妈妈说了点好话，这事就算和缓下来，过去了。但租房子的问题注定会一直伴随这个漂泊的家庭。

遍 路

　　和六交往的三年，我断断续续听说了他的
成长经历 ——在哪里出生、父母做什么工作、
大致的家庭背景等。这些零星的信息像一块块
拼图的碎片，沿着时间的脉络，在我印象里渐
至成形。

　　六的老家日本千叶是一个介于大都市和农村
之间的城市。住在那里的大部分成年人每天清晨
从千叶出发，乘坐三十分钟电车去东京上班，朝
夕往返。六的爸爸是普通的上班族，在一家有名
的内衣制造公司工作，朝九晚五。工作时沉默自
律，下班后总是要去居酒屋喝上一杯，消磨到很
晚再回家。印象里的爸爸仿佛被倦怠的感觉永恒
地磨蚀着，对家里的事显得漫不经心。

六

　　六的妈妈是一家英文教育机构的教员，业余时间也在家里收学生，辅导小孩子学英文。妈妈会说英文，只是出于害羞，很少说。此外，她还兼任一些照看老人的工作，帮他们做饭、洗澡、洗换尿布，非常辛劳。

　　六和阿雅的第一个孩子和空出生时，他们曾想过要不要回日本生活。但六感觉如果回到那个熟悉的社会，自己将无可避免地回到惯性的生活轨道上来。朝九晚五不是六想要的生活。

　　十八岁时，六对将来的生活就有了基本的设想。他喜欢用自然的方法做农业，因为与土地、劳作、自然世界建立的联结，让他放松快乐。直到结婚生子之后，六更加确信自己应该顺应喜欢的方式生活，做喜欢的事。如果为了孩子改变人生的方向，放弃自己的生活理想，等孩子们长大，虽然会感谢爸爸，但也会为爸爸感到遗憾。——这是六面对父亲时一直难以消弭的感觉，一抹微微沉重的心理底色。

爸爸的一生很寂寞。六说。他用了一个新学的汉语词汇"凄凉"，但不太明白它的确切含义。六问：什么是"凄凉"？

就是寂寞加一点点冷的感觉。我写在纸上。

什么是"遗憾"？六又问。我边写边说：遗憾是算不得完美，但能接受。

六

纸本在我们之间推来送去，日常含混的感觉，在语词中清晰起来。

六岁时，六喜欢上足球，爸爸带他去报了个足球训练班。一只足球放在面前，只需认真刻苦地练习，就会越踢越好，这是小孩子也能明白的事。每天下午放学后，他都会进行两小时的训练，有时还会早起训练一小时。他喜欢日本国家队前锋中田英寿，也喜欢很多在欧洲踢球的非洲球员，羡慕他们的身体素质。不过他觉得日本人能把足球踢好依靠的是彼此配合。

离开日本以后，六偶尔会想想日本社会融于自己行为和意识里的东西。一旦远离日本，他反而更容易回到自己文化的本源，寻找精神上的一致性。他说，日本人是很注重"调和"的，日本的女人尤其是这样，她们会格外在意、顾及人和人的关系。有时六也会怀疑自己在外面旅行得太久，原本拥有的一些美好品质是不是也在失去。

从小学起，六一直踢前锋的位置。十四岁左右，他的足球天赋展露出来，被千叶市的中学足球联队选中，代表城市踢青少年锦标赛。教练给了他10号队服——足球队里最耀眼的符号，"10号六"。

每当我们说起踢足球的往事，阿雅就会握起

六

拳头，做出挺胸抬头奔跑的姿势说：六小时候应该是个很要强的孩子，他总是说以前踢球如何如何厉害。六害羞地低头笑笑，又抬起头看阿雅比画，好像那一瞬间真的瞥见了少年时代的自己。

出色的足球成绩让六成为市川中学的特招生。此前，这所著名的私立学校还没有特招的先例。他在这所学校一直踢到十八岁。市川中学里大多是埋头苦读的好学生，他们成绩突出，通常都会顺理成章地进入一所好大学。如果沿着这条路往前走，六也会上一个好大学，进一家大公司，但他从小就不喜欢和别人一样，不容易服从什么人或者规矩。

遍 路

　　十四岁时，六的哥哥变得叛逆起来。在两兄弟成长的关键时期，爸爸被公司安排到京都、冲绳跑业务，很少回家。六记得妈妈操劳伤心的模样。自己生的小孩子长大后怎么会完全不一样了？她很难过。六成年后，妈妈有时还会感叹：儿子的人生和别人太不一样了，为什么他会喜欢这样的生活，走上一条和大多数人完全不同的路？

　　东京不是太远，哥哥和他的朋友经常去那里游荡。世界在少年六心里呈现的面貌如此矛盾 —— 他周围的同学个个是志业坚定的好学生，而哥哥他们的生活永远自由放浪、新鲜刺激。两种生活并行不悖，两种生活里的人互不相认。

六

六向往哥哥那样的生活，或者干脆说学校里找不到他想要的东西。那时候，他学习和踢球都松懈怠惰起来，不过倚靠天赋，球依然踢得不错，足球转化了一部分年轻悸动的情绪。六爱上深夜机车的轰鸣，常常和小伙伴在海边待到很晚，一遍遍发动引擎，穿过湿漉漉的海风。冬天里，猎户座离开海平面上升。小猫小狗在无人知晓的海边游荡，六沐浴在星星的光辉里，幻想成为最干净的巫师。沿着海岸线飙车的感觉很爽，那是寂寞自嘲的青春期最快乐的事。不过现在提到中学时的事，六的神情里会流露出少有的怀疑，好像看着一条奔流的河水蓦然急转时心里所激起的波动，混杂着欣喜与茫然。

遍 路

冬天到了，六换了一头脏辫，招摇又叛逆。
回到训练营时，通常应该在第一个队参加训练的
六，被安排去替补队的训练营。可能因为那个发
型叫老师反感吧，六说。他讨厌这样的惩罚。出
于十五六岁年纪特有的傲慢和浮夸，他跟老师说：
我不踢了。

六干脆去了东京，无所事事地游荡。东京的
"地下文化"带给六反叛的力量。他经常路过一个
并不起眼的小门脸儿，进到里面是一个崭新的世
界。那里的迷幻电子和摇滚乐让他抱住一股混沌
之力，似乎可以用来抵抗些什么。但抵抗的东西
究竟是什么？六觉得很缥缈，也许只是孤独感和
说不出的被困住的感觉。

六

　　寒假的时候，六去打工，误入一个讨债公司，从事一份需要演技和骗术的工作。虽然报酬很高，但他心底里并不认同当时的自己。看看一起工作的人，他很清楚：啊，我跟他们也是不一样的。

　　十八岁到二十二岁是一段寂寞缓慢的时光，六感觉自己身边没有朋友，更没有能深入交谈的同伴。他变得越来越沉默，认真地思考很多问题，把它们事无巨细地统统记在日记里。他给未来的自己确立了一些准则：不能杀人，不能骗人，应该对人好。这些话既是自省，也是寻求，六知道自己的生活需要重新开始。他觉得当时已经想得很明白，只是还没有经验来印证。经验是一直在进行的事，永远不会完结，但更重要的事，是认识。

有一天哥哥对六说：像讨债这类不好的人生经验，应该停止。你要一直踢足球，到十八岁高中毕业。如果一直坚持，你以后的人生会棒。

后来，六离开了讨债公司，剪掉脏辫，回学校跟老师道歉。老师说：不要对我说，去跟一起踢球的朋友道歉。从那以后，六一步步告别了迷惘、浮夸的生活。他跟一起踢球的小伙伴说：对不起了！每天训练结束，他会再跑十次三百米或四百米，汗水仿佛能洗净黏糊、困顿的过去。他甚至想跑到五十秒以内，于是独自跟着一个老师一起跑。参加最后一场大的比赛时，老师给了六10号

六

球衣。我从小踢球都是"10号"，我是"10号六"。自信开朗的六回来了。老师说，如果你早点回来，我们队可以拿更厉害的名次。不过那一次，六还是很开心。

在东京，六遇到一些年长的朋友，他们有的做农业，有的做音乐。六喜欢上派对音乐，想成为一名 DJ。有人告诉他：你应该去澳大利亚，那里有很多森林里的音乐派对。大学上了一学期，六就休学了，去澳大利亚旅行了一年。最初，他三个月就换一个地方，搭车去不同的目的地。后来，他在一个农场干了半年，买了辆汽车，可没开多久车就坏了，只好继续搭车旅行。一路上，他参加了很多派对，遇见了很多人，一些在路上认识的艺术家经常带六去音乐节。

　　跨越国境的旅行，让六懂得容忍不同生活方式的重要，也教会他更放松地面对不同的社会规则。如果说日本社会固有的高度森严的组织化模式，曾给学生时代的六带来束缚和压抑，那么现在那些条条框框，正在时间的流逝中趋于流散。

　　一年后回校园时，六觉得再像以前那样轻率地找姑娘玩已经没什么意思了。如果在一起的话一定是认真的。但他依然格格不入，不讲究穿着，一副落拓不羁的模样。走在东京的街上，六很多次被警察盘问、检查，可他不会再因为这些事生气了。

六

　　这个故事我应该说吗？ —— 六自问。沉默了一会儿，六平静地跟我说了一段往事。他说得很慢，常常停下来。我意识到这是一段封印在另一个时空里的故事，但不确定故事的走向。

　　我们坐在温暖的房间里，等着和空和结麻从幼儿园放学。六漫不经心地说，不知道和空和结麻的中文怎么样，他们回来后很少说幼儿园里的事，有时候和空会在桌上跳一个幼儿园学的舞。我想起在六和阿雅不在场的时候，和空和结麻不得不和我说中文，有一次和空指着面包问我：这是什么？要！我就跟六说，他们应该会说中文，至少会说关键的词。

遍 路

　　这之后的第三年，六一家从大理搬到浙江。四月，我去浙江建德看望他们，傍晚陪小学生和空背诵语文。写完功课，和空说：我们去爬山吧，有点危险但不是痛，我们去拿路边的花。我跟着和空、结麻走向薄暮中的山丘。正是浆果成熟的季节，我们站在路边寻找红色的小果，吮吸它们酸甜的汁液，暮色四合而来。和空又说：我们要记住这条路，这里有很多果子。我说：明天我们可能找不到这里了，这里杂草太多。和空朝草丛深处的墓地一指说：会记得的，这里有很多"家"。

　　我们的谈话时断时续，天光渐渐暗淡了。阿雅把院子里晒干的一块新染的布收回来，这是她用地里长老的紫萝卜做的扎染。她又拿出亲手做

六

的刺子绣，用麻线编织成带子，给和空和结麻分别做了只上学用的双肩背包。两个孩子上幼儿园以后，阿雅有更多闲暇绣花，这是她喜欢的事情。阿雅总是怀疑自己做得不够好。六说：她的自信太少了。阿雅便回他：你的自信太多了，我就少一点吧。

时间慢了下来，天光从门口晾着的床单上漏进来，映在石墙和木梁上。墙上的三把小吉他在散射的光中发出银亮的光泽，有如旋律流淌。我想起是枝裕和的电影《幻之光》里那座简单的小房子，还有那个织着毛衣等待婆婆出海归来的女人。

六说自己也会做很多手工，包括绣花。他拿

遍 路

出奶奶和阿雅给他缝的日本男人传统的短裤——缠腰（也叫六尺裤），在纸上写出它的日文读音"fundoshi"。在日本的传统中，人们认为情义和六尺裤对男人来说最重要。为什么一直坚持做手工呢？六不知不觉把话题引到最开始提到的故事上。这件事发生在他二十二岁时，它几乎像人生的预演。

在日本的四国岛，有一条一千四百公里的遍路，它连接着八十八座寺庙。六二十一岁那年，一个住在四国岛的朋友自杀了。一年后，六去日

● 四国遍路：指一千二百多年前，佛教高僧空海大师修行走遍四国岛八十八座寺庙的巡礼之旅。

六

本南部的一个小岛看日全食。头一天他去爬山，傍晚时分从一道悬崖上摔了下去。当时所处的位置，还有手机信号，六的朋友打电话求救，救援队说第二天早上会派直升机过去。那个晚上风很大，异常寒冷，六的一条腿完全不能动弹，朋友烧火给他取暖，但一点用也没有。第二天直升机把六带了出来，他的腿需要手术。

手术花光了六打零工和沿路做音乐攒下的钱。此前，六心里装满梦想，觉得自己可以做很多的事情，但现实中却没有一件事能定住他的心。在病床上，时间仿佛停滞了，生活久久不能推进。六意识到像他这样的人，日本有一种说法叫"脚不沾地，有点飞"。他生活的立足点并不真实也不可靠。

遍 路

从高处摔下来大概是一种印证和启示，他必须认真考虑自己想做什么。种地是他一直以来特别喜欢的事，于是六决定了：好，我就开始种地吧。之后的人生，每当困顿消沉，看不清楚前路时，六都会问问自己。能做什么就去做，如果一直做下去，就有机会理顺自己的生活，遇上比想象中更好的未来。

九个月后，六腿里的钢板取掉了。过了两个星期，那个自杀朋友的父母忽然从四国岛打电话给六，说起他们的儿子曾有个愿望 —— 走完四国岛八十八座寺庙的遍路，疗愈自己精神上的疾病。但愿望还没实现，人就离开了。朋友的父母想替儿子了愿 —— 走完这条路，却担心自己年纪太

六

大了。六当时的工作是在路上做音乐，平日里就是从一个地方搭火车到下一个地方。他想自己别的事做不了，但可以走路，那就允诺帮他们去走四国遍路。

单纯地跟从一个直觉 —— 我需要做这件事，六便去了四国岛替过世的朋友了愿。四国遍路上的八十八座寺庙，每个都有编号，朋友的老家在十八号之前的某一段。不同于其他朝拜的人，六选择从相反的方向走 —— 从八十八号走回到一号。他有一个轻盈的信念和想象：他会把他带回去。

这段经历是六人生中得到的最重要启示。从高处坠落呼应着当时内心的彷徨和自省，长久以

遍　路

来，那种脚不沾地、飘来荡去的生活困扰着他，他渴望脚踏实地地活着。六开始相信一些看不见也说不清的事，还有它们之中蕴藏的力。他的心变得沉静，意念去向更幽深的地方，信念成了更重要的事。六后来用自然农法种地，也是笃信食物是自然的恩惠，即使用最原始的方法耕种也不会落空。他说：如果不相信这个，很多事甚至不能开始。

走四国遍路时，六没带多少钱。他想试试不花钱、不用手机、不喝酒、不抽烟……除了走路，其他的事都不做。夜晚不能行路时，他就在野外简单地铺张床过夜。六吃的大多是路人给的食物，有时候会有人给他一点钱，他就

六

在路边自己做饭吃。

　　狂风吹过，暴雨淋过，烈日晒过，不变的是往前走，专注地行走。大约每天走三十五公里。步履轻快时，一天也能走四十五公里；脚很痛的时候，走得少一些，但每天都不低于二十公里。疼痛的问题慢慢出现，很尖锐地钻进身体。身体走不动了，心里却感觉越来越轻盈。六知道自己会一直走下去，疼痛也会离开。

　　人们在遍路沿途用清晰的路标为朝圣者引路，但六是往回走，经常会走到偏僻的岔路上。有一次腿脚疼得厉害，他看到三四个热敷袋放在一条人迹罕至的小路边，打开用了，居然马上又能走

遍 路

路了。如果在遍路上还好理解 —— 可能是之前走过的人不小心掉落的 —— 但在僻静岔道上的热敷袋着实让人费解。有时候,他掉了一块毛巾,第二天就有人在寺庙门口送毛巾。他笑着说:真是太奇妙的体验了。可能我的心很干净,如果心特别沉重,它们就没了。

路上常常有旅行巴士拉着整车的观光客过来,人们匆匆合掌礼佛,然后赶路。六和他们走在相反的路上。

走遍路之前,六对"信念"已经有了一个清晰的认识,但没有真实的经验。很多信念只有经历过,才会被深深印证。他常常走得口干舌燥,

六

却舍不得买饮料。有一天太渴了，就买了一瓶，但感觉那瓶水并没有太大作用，没给他更多的"力"。而有时候，路上的人送给他一瓶水，就能感觉到被给予的鼓励。这些微小的感觉，点点滴滴转化着他的想法。六意识到人和他人、人和世界的"对话"和"联结"。

六喜欢手工的劳动，喜欢亲自动手做一件事，也是因为相信制作者的心意能灌注到事功之中。做东西用什么材料、用什么方法很重要，但最重要的是制作者的想法。思想会决定做出来的东西的品质。日本人说"波动"，意思就是制作者的想法进入事物，人和自己做的东西有对话 —— 这是灵魂。每当风味特别的米酒酿成，六就会邀请朋

遍 路

友：来喝我酿的酒，很特别的菌群，这是钱也买不到的味道。朋友之间相互赠予的生活，让他感到富足。这是他想要的"对话"。

克服了最初几天的疲劳和不适之后，身体逐步找到了最好的节奏——不至于飞快，但决不拖沓。保持匀速，疾步而行，被现实所束缚的感觉慢慢抛诸脑后。往往是这样，当他很想再继续走一段时，落日就变得飞快，光阴转瞬即逝。而星夜行路，因为专注和警醒，眼神逐渐适应夜色后，四周的物象和气息更加明晰。密林上空游动的星辰、远处屋舍朦胧的线条、经过一个小村时蔷薇打在墙壁上的影子、壮阔的海岸……扑面而来，历历分明。

六

四十天后，六到达朋友的老家，远远望见朋友家的那座小城，便不由自主地哭起来。四野的房舍疏落，宁静空旷。那一刻，他觉得看不见的事情特别重要，被一个单纯的想法洗净的感觉。他哭了很久。

二十二岁那年走过遍路对六的人生影响很深，他所有的认识和想法差不多在那时候已经确立了。他相信人和人、人和事物之间有神秘深刻的联结，相信人应该被信念带领去和世界对话。人生就像遍路，有时困难，有时轻松。

十一月，苍山上下了雪，风雪持续了一整夜。雪落在山巅，在月色下反射着冷冽的银光。雪在

遍 路

建造宫殿，纷纷扬扬堆砌着尖顶与飞檐。大清早，雪线从云里露出来的时候，碰巧一阵风惊飞鸦雀。不冷的风吹拂着，送来松柏清苦的气息。鸟和光和寺院的钟声，弯曲地鸣叫，弯曲地行走。

六喜欢冬天。冬天容易看见猎户座；冬天的菜慢慢长熟，吃起来很甜；冬天可以围着火炉吃橘子。他喜欢橘子，十八岁时去澳大利亚的果园打工，就是帮忙采摘橘子或樱桃。每逢橘子收获的季节，日本很多地方缺少干活的人，刚到大理的六就回一趟日本，帮人干一季农活，把一年的生活费挣回来。

阿雅从二十多岁时开始旅行，一般是外出一

六

年，再回日本工作一年。她是家里最小的孩子，被家人看管得很严。二十一岁时，阿雅先去了新西兰，后来用工作假期的方式又陆续走了很多地方。

阿雅的中文不太灵光，这也许是她少言寡语的原因。但说起过去的事，她就热情起来，连说带比画地用有限的词语告诉我：我年轻时总想到外面见更多的人，总是说很多话，现在老了，安静了，安静点好。阿雅的手指灵巧地弹动，有时举到眉间，飞快地在空中绕完一个圈。你会被阿雅精灵古怪的样子吸进去。平时去找六，阿雅给人的印象总是埋头做家务，很少言语，其实她很爱热闹，喜欢跟人交流，喜欢听年轻人恋爱的故事，喜欢看漫画，喜欢坂口健太郎（说到这里，她看着六调侃：而我的丈夫是他），喜欢到葡萄园帮人摘葡萄，喜欢在澳大利亚的橘园工作——因为可以不停地吃橘子。

　　阿雅珍藏着两本小相册。孩子们午觉时，她会翻出来，指给我看她的儿时玩伴。其中一本是她要离开日本时，朋友把从小到大一起玩的照片集在一起送她的。相册里挤满闪亮的星星和心形贴画，少女时代的阿雅天真烂漫，游荡在阳光炽热的海滩和光怪陆离的名古屋街头，没有任何一种光遮得住她年轻面庞上的光华，盎然而狂气。朋友说阿雅是鹿一样的女人，有着母性的天真和健美。我想起她曾回日本待过两个月，再回来时眉毛和头发都修饰一新，面庞白净，衣饰也更时髦一些，一副地道城市小姐的模样。有一次，她

六

高兴地对我说，日本开发廊的朋友为她做了新发型，已经很久没做头发了。

另一本相册里放着二〇一三年阿雅和六在夏威夷举行婚礼的照片。婚礼当天，他们把双方父母和岁数大的奶奶都带到了夏威夷。一张照片里，阿雅身着洁白轻盈的婚纱，站在对面的六穿着白色的新郎礼服，却古怪地背着一个旧旅行背包。这个背包，是那个四国岛的朋友生前送六的礼物。也许在成为丈夫的那天，六潜意识里依旧是远行的少年。

夏天到了，六和阿雅带着和空、结麻去洱海边玩。湖对岸的小岛笼罩在雾色中，平缓、倾斜的光柱照亮了岛屿的许多个空间。水鸟平直地飞越视线，一只、两只，穿梭往来，朝着相反方向飞离，云层仿佛也被拉直了一些。

　　坐在岸边，和空忽然指着对岸问六：爸爸，那是日本吗？

　　六告诉他：日本很远，你忘了我们回日本要坐很久飞机的。

　　在和空和结麻的脑子里，日本是爷爷奶奶住的地方。每次回日本，爷爷奶奶会给他们很多玩具。两个孩子还没有自己是日本人的概念，也不懂得区分中国人、日本人、法国人……六不想教他们区分。他觉得：你的文化、你的故事、你的历史究竟在哪里，是件很自然的事。

炉 边

六用熟练的中文解释三个儿子的名字 —— 上条和空、上条结麻、上条天梦。

　　和空是老大。在日语里，"和"是联结的意思，"空"是天空。在中文里，"空"可以理解为一个佛教词语，代表了什么都有，又什么都没有。和空，联结天空，联结空无。和空是个心思细腻、敏感的孩子，在他不停变化、带着羞涩的神情里，须臾转化着开心或不开心的感觉。

六

我们坐在温暖的阁楼上，炉膛里跳动着火焰，寂静无限延伸。和空的两个弟弟结麻和天梦就降生在这里。

"结麻"这个名字缘于六和阿雅喜欢做跟麻有关的事情。麻与日本传统生活有很深的关系。日本人信奉的神道教庙宇外，悬挂麻绳作为神物；普通的日本家庭，用焚烧麻树叶子的方式避邪。"结麻"，意味着一种终结或更为有力的联结。

二〇一七年十月，六和阿雅的第三个儿子出生，六给他起名"天梦"——天空中的一个梦，日语念作"Ten"。

炉 边

六和阿雅刚在一起的时候，两人都没打算那么快要孩子。他们都是喜欢旅行的人，渴望穿越世界的旅程，还没作好心理准备要进入家庭生活、生育和抚养孩子。

那时候，两个人生活得更简单。他们租住在石门村一户老百姓家的偏房，床很窄，被子很单薄，除了一个小冰箱，家里没有其他电器。不过屋前有一大块菜地，六就是从那里开始了在大理耕耨翻种的生活。六说：阿雅那时候大概很寂寞吧。没有朋友，说不了太多话，每天做很多家务，冬天在冰凉的水里洗衣服。

那年夏天，六、阿雅和蒙古的朋友结伴去北

六

方旅行。他们穿过位于内蒙古的国境线，一路向北，到了蒙古国和俄罗斯的边境，在一条清澈的河边扎帐篷住下来。天空高邈，河水潺潺，几个人坐在青草地上聊天发呆，渴了就从河里舀水喝。傍晚时分，干燥的风从天际线上吹来，六和朋友们来到帐篷外的草地上喝酒。夕阳在地平线上变幻着橘色、紫粉、青蓝的光，光线慢慢退去，物体失去色彩，人已微醺，天幕空空荡荡。

这样过了半个月，返回的路上，阿雅忽然跟六说，她不能再过这样的生活了，想分开，继续一个人旅行。六意识到自己对阿雅的冷落，心里很难过，嘴上说的却是：可以是可以，不过还是先回到大理再说吧。不久，做好分手准备的两个

炉边

人，发现阿雅怀孕了。

大概缘分就是这样吧，六平静地说，很多情侣是在分开后才发现有了孩子的，这样的话会很遗憾。那时候六在外面流浪得太久了，也想负一种责任。和空的名字寄托了感激，一种奇妙的联结，因为他的到来，让六和阿雅最终走到一起。

回到大理，两人开始认真准备生孩子的事。六曾听朋友说过在家里自然分娩的事，他觉得，如果孩子是天生完足的，降生就是自然的事，他试着问阿雅：要不要在家里生？阿雅想起曾经住在大理的一个日本女人切桑，她在离开大理时留给阿雅一本英文书：《主动分娩》(*New Active*

六

Birth），这本书她一直放在书架上。这大概是缘分吧，阿雅想。她总觉得自己胆小怕事，生育也许能让自己得到一点真的自信和勇气。她想试试去经历一次自然分娩。

之后，阿雅开始认真地学习生育知识、练习瑜伽，写了满满一本关于生育的笔记。无论学习什么新知识，阿雅总是事无巨细地记下来。她有一本关于人类生存技艺的辞典：怀孕时的生理状态和心理反应、生育的过程，又或是食物的配方、配料的质量、时间的控制……一分一秒，几斤几两，她都清清楚楚写在纸上。每当她翻开笔记本查看某项记录，就会露出奇妙笃定的神情，四周的气氛也随之安静下来。

六种菜更勤力了。在印度旅行的经历让他懂得食物的重要。种一些天然无污染的菜给阿雅吃，是他能为妻子和未出生的孩子做的最基本的事。

在没有走进六一家的生活之前，我就听说阿雅用自然分娩的方式在家生了两个孩子。二〇一四年，我在市集上偶遇一位怀孕六个月的浙江女人，她跟我说起要去六的家里请教自然分娩。但她为什么会跟一个萍水相逢的人说这些，我已经想不起来了。

如果朋友或熟人来请教生孩子的问题，六会如实相告这究竟是一个怎样的过程，需要做哪些准备。但他的心里也常常犹豫，因为自然分娩并不适

六

用于每个人，也不是每个人都非得如此。他觉得，生孩子是个自然的事，孩子出生后怎么带才是更重要的。

六有分享的心，但不算是个擅于分享或教导的人。也许因为他对于生活的很多认识是在旅途中主动获得的：在路上与陌生人相遇，相互之间总是沉默的时候居多，他想学习什么新东西，更多地依靠看和听，亲身去体会和证悟。更重要的是，六在自然中工作，自然世界变化无穷，既丰富又幽微，很难捕捉、言说和转述。做有机农业的朋友有时也会向他请教，他说是说了很多，几乎把自己所了解的都讲了，但也不确定有没有用。六说：农业是一个经验问题，关键是亲自去做。

炉 边

六去幼儿园给孩子们上农课。他事先准备好三十厘米的细竹竿，教孩子们测量撒种的间距、插秧，结果孩子们根本不按他说的来。他一度很苦恼，觉得自己不是合格的教师。不过每次看到种子发芽，孩子们就欢欣尖叫，也许他们需要的只是一粒种子。他释然了。

阿根廷人迪亚戈的妻子安娜在家里生孩子的事，我也是在街上听什么人说起的。他俩在布宜诺斯艾利斯结婚后，就骑上摩托车开始了穿越欧亚大陆的旅行，先从南美洲到欧洲，再穿过中亚到印度和中国。在路上，安娜怀了第一个孩子，到达印度时恰好要生了。当时，他们遇到从西班牙到印度旅行的接生婆，那人在他们租的小房子

六

里为他们接生了第一个孩子。等到他们绕了一圈
来到大理时，第二个孩子即将出生，那位西班牙
接生婆又从西班牙飞到大理，为他们接生。安娜
也是在旅途中的家里，用自然分娩的方式生了两
个孩子。

　　如今许多人差不多已经忘了和生命同样古老
的自然生育法。

　　阿雅觉得自己准备得越来越好了，对自然分
娩虽然不无恐惧，却也不会再怀疑自己。但临产
前一星期，他们到医院例行检查，医生告诉阿雅，
羊水太少了，必须马上住院，下午三点做剖腹产
手术。走出诊室，阿雅哭了：怎么会这样？

炉 边

医生坚决的口吻让六也手足无措起来，不过在他心里，相信阿雅能够自然分娩的感觉还是占了上风。他想起之前看过的资料，羊水量是一个波动的数值，并不能根据一次测试下定论。六想，如果在医院做剖腹产手术，就意味着阿雅要独自进产房，他不能陪伴，阿雅的中文不灵光，会加倍地孤单无助，这样的处境对她更危险。于是，六请大理的朋友荣洁帮忙再找一家医院，再做一次检查。这一次的结果让人放心 —— 阿雅可以在家生孩子。

入秋后的一个下午，和空和结麻去幼儿园上学了。我坐在六的院子里，看屋顶上方的一只鹰绕着屋顶上晒太阳的小猫盘旋，不确定鹰是不是

六

已经把这只猫作为猎物。鹰一动不动，翅膀也不
扇一扇，飘到哪儿是哪儿的姿态让人放空。

　　傍晚，六在院子里生起柴火，火焰把无风的
暮霭冶成玫瑰色。柴火毕剥作响，火星跳跃升空
时，几只颜色各异的小猫像泼洒的颜料盘飞溅着
逃窜，又慢慢地悄悄趋近火盆。我们围着火闲谈。
阿雅说到自己最喜欢的那只猫，它的牙齿和胃不
好了，前几天带它去看医生，吃了药之后慢慢变
好了。阿雅盘腿坐在炉火边的长椅上，跟我讲了
生孩子的事。和空和结麻坐在对面，片刻的安静。
当时，他们的第三个孩子就要出生了，阿雅说，
每个孩子出生的情形不同，所以即使已经顺利生
育了两个，还是隐隐有些害怕。

炉 边

　　和空出生那天，下午四点左右，阿雅开始感到腹痛。吃过晚饭，她洗了澡就躺下等待临盆。生第一个孩子，她不知道疼痛出现后应该再做一些有利于分娩的活动，而是直挺挺地躺着，不敢轻举妄动，反而给自己更多的压力。午夜过后，一浪接一浪的剧痛来临，生得特别艰难。阿雅和六都想过，如果天亮还没有生下来就去医院。不过，他们都没把这个最害怕的结果说出来。六觉得，最担心的事不能说，说了就泄气了，坏结果一定会出现；如果不说，放在心里，好坏的概率一半一半。

　　凌晨五点四十，阿雅觉得自己快不行了，意识变得模糊，喘不动气。六试着把她抱起来，但

六

她混沌无力的身体完全立不住，也许是一个重力感应，一刹那间，和空终于来了。生第一个孩子时，阿雅流了很多血。她说，生第二个孩子我有了些经验，生完结麻马上就可以站起来穿衣服了。

结麻出生时，和空已经一岁半了。生和空时，六一直在身边出各式各样的主意，很吵，这次阿雅不想他再陪在身边了。阵痛是从下午开始的。碰巧荣洁带着个朋友来家里玩，阿雅一边和她们聊天，一边做家务。疼痛的间隔越来越短。每次一疼，阿雅就停下来做瑜伽的猫拱背动作；等疼痛的感觉过去后，又继续做家务。阿雅沉浸在讲述里，比画着忍受疼痛时大口喘气的模样和疼痛过去后擦地板的轻快，让我想起小时候看的日剧

炉 边

里的阿信。一个真的阿信。

　　傍晚，家务忙完、朋友辞别后，阿雅洗了澡，让六带着和空去散步。她一个人来到阁楼上，很安静地等待临盆。夕照从窗棂间漏下来，她的感觉越来越放松，心里充盈着期待的甜。有一阵疼的感觉，阿雅试着去接受，出乎意料地，感觉越来越放松。六带着和空在村子里散了半小时步，回来把他哄睡，上来陪阿雅。几乎可以用欣悦的感觉来形容结麻的出生。阿雅说，有一刻感觉到仿佛一朵花打开了，想再仔细看清楚，它就消失了，很快结麻就降生了。

　　第三个孩子天梦出生前几个月，和空和结

六

麻去银桥镇的中心幼儿园上学了。六之前偶尔会说：不知道等和空和结麻到了该上幼儿园的年纪，我们会在哪里。孩子的教育问题，偶尔也让他发愁，但语气里更多的是迎向未知的幻想。私立幼儿园通常收费很贵，他们承担不了。好在那年冬天，银桥镇上开了家公立幼儿园，住在当地的孩子无论来自哪个国家都可以去，一学期收费不到四千元。那是他们负担得起的学费。阿雅觉得，孩子们长大后是和普通人相处，上个普通学校就很好。

　　第一天送两个孩子上学，六和阿雅在幼儿园门口崭新的马路边站了很久。六的手里拎着接送卡，卡片空空荡荡地悬在半空，上面写着：上条

炉 边

和空、上条结麻。

　　几年后，他们搬到浙江的一个小岛上。一天
清晨，我跟着六送和空去上学。需要坐十五分钟
渡轮，上岸后再骑几分钟车。春天的江岸雾色朦
胧，铅灰色的公路无尽延伸着，时间和世界仿佛
凝滞了。孩子们身上校服的颜色跳动在一片空蒙
之中。六骑车载着和空，穿过十字路口，和空回
头和一个小女孩打了个招呼，羞涩地笑了笑，大
概是同班同学。小女孩被爸爸拉着走得飞快，几
乎是拔腿跑起来的姿态，让这种快的感觉更显急
促。六骑着自行车与这对父女擦肩而过时，我瞥
见一位"父亲"与印象里"永远的少年"永恒融合
的瞬间。

六

印象中,孩子们在上学以前从来没和六、阿雅分开过。整个白天,一家人总是待在院子里,大人干活,小孩在院子中玩耍。孩子午睡时,小院又重回寂静。有时六在工作间做亚麻籽油,阿雅帮着装瓶;有时有客人订了蛋糕,阿雅又会去做蛋糕,骑电动车送过去。多数时候,阿雅在准备一日三餐和给孩子们制作零食。冬天镇上开始做年糕时,她买来年糕,晒干、裹上椒盐,烤制成绵密香酥的零食。阿雅说:它们消失得太快了,所以需要做好多。

拍纪录片的老孙是六的朋友。老孙在一次聚会上认识了六和阿雅,后来开始拍摄他们一家在大理的生活,都是些很日常的场景。我第一次见

炉 边

到老孙是二〇一五年的五月，那也是我第一次去银桥帮六种稻。大清早，老孙带着摄像机站在田埂上开工了，他和六默不作声地干着各自的活儿。

老孙说，他们过得更单纯，和我们的生活有一定距离，教育孩子的方式也很放松。和空很小的时候，有一次就站在一个桌子角上，多危险啊，他们也不管。六说，小孩子摔一次就记住了。和空刚学会爬楼梯时就是一级级自己上。还有一回，结麻摔了一跤又一跤。

老孙觉得，六和阿雅刻意地对和空有更多的要求。作为长子，和空应该被寄托了更大期望。六在一旁听着，笑了笑，没做回应。沉默一会儿，

六

又说：在日本人的观念里，对长子是有一些期望，希望他们承担更大的责任，不过这会让他们更辛苦一点。说完他又沉默了，大概又回到那个时常困扰他的问题 —— 在社会规则和个人自由之间，很难做到人人满意啊。

和空出生时，老孙拍了很多六一家的生活。他们对待生活的态度让你觉得，过什么样的生活都没太大区别。老孙说。在他的影像素材里，有一段和空哭泣的画面。不知道为什么，那天和空哭了很久。不过六和阿雅都忘了。他们说：不记得和空哭过啊。老孙强调：哭了一天都没停过。那天村子里有人家办丧事，他们回家要经过那条小巷。和空从那里回家后就不停地哭。老孙猜想，

炉 边

孩子可能看到什么东西了吧。

    六居住的小村子保留了很多农耕生活习俗。每月旧历的初一、十五，村里的老人会聚在村口大青树下的小神龛前焚香念经，钟铃声声。焚烧柏树和蒿子的烟火香在村庄上空环绕时，负责村际祭祀的主事人会翻开记着乐师的名字的小本子，给每个人分发当天的工钱 —— 一百五或两百元不等。本子常常省去姓氏，只记着乳名：光见、显果、小西、良直……

    大青树下也是村子早晚的集市所在。晌午过后，老人们摘几把青菜，到这里售卖。有人已经在大树下买菜，有人还在溪边洗净菜身上的泥土，

六

也有人正在田里收菜。在这里，生产和消费的不同环节、不同的时间片段，就在身边自然发生又悄然流逝。阿雅喜欢带着孩子们逛小集市，让他们这也看看、那也见见。她乐意让孩子们从小知道食物究竟从哪里来。

下午，炸薯条的女人出来摆摊了。赶上和空和结麻放学，阿雅给他们买五毛钱的薯条。摊主说：哦，他们家的少放辣椒。银桥镇上卖炸薯条的都知道少放辣椒，他们一家很自然地融入了本地生活。有时候，村里的老人会议论六的衣服不够干净，过几天六在网上买的新衣服就到了。他玩笑着说：我明天要穿新衣服了。阿雅喜欢热闹喜庆的生活，所以日本的、汉族的、白族的节

炉 边

日，他们统统都过。

村外的山脚下，白族人盖了座小房子，供奉本村的本主神（庇护本村人的神明）。远处的叠嶂和密林笔直地向着天空延伸，光漫射在原野上，四季变幻着不同的颜色和气息。

刚上幼儿园的那个星期，和空和结麻不怎么习惯。六记得，结麻是第三天和第四天哭了，而和空在第五天终于也哭了。哭了就好了，他就放松了，不哭的话心里难受。六说。

天梦出生前，荣洁把摄影机留给六记录孩子出生的时刻。征得阿雅同意后，六给我放了那段

六

录像。我在屋里看那段影像时，在场的男士都礼貌地待在院子里。天梦降生的啼哭传来时，院子里的男人们异口同声喊出"生了"。

影像无声流逝。阁楼的小窗嵌着一方灰蓝色天幕，火箭炉子里沉缓跳动着温暖的橘色火焰。天梦的到来自然而然。和空一直在阿雅身边走来走去，在孩子的眼里，这个早晨和平时没什么不同，虽然在这之前，和空哭了一下，因为看见妈妈很痛苦的样子。六安慰他：妈妈不是生病，她没什么不好，小孩子要来了是好的，你不哭才好。和空就不哭了。和往常一样，平静的一天。

可能是一种感应吧。天梦出生前一刻，结麻

炉 边

要便便，六抱着他下楼到院子角落里的卫生间。正给结麻擦屁股时，楼上传来婴儿的啼哭。六飞上阁楼。阿雅把天梦放平，躬下身子又快又仔细地看了看，孩子是周全的。阿雅对他说：你辛苦了。说着又让和空把一个脸盆递过来，和空把盆递给妈妈，趴在枕头上问：他怎么是红色的？小婴儿会越长越大吧。阿雅抱着天梦，抬起头朝和空笑了笑。一个浸透汗水充满生命美感的笑容。

阿雅生天梦时，和空一直在她的身边 —— 因为他想看婴儿降生。母子俩一起经历这些，让六特别开心。他说：和空长大后记得或不记得都很自然，他们在一起过了普通的一天。一个新的孩子出生了。

六

一个密云低垂的阴天，不知道为什么，我忽然想去看看他们。天梦出生快一个月了，我和六的交谈中断了几周。开门的那一刻，我看到六脸上从未有过的疲惫。他说：这段时间太累了，我一般不说累啊，和空和结麻接连感冒发烧了。

阿雅抱着天梦半躺在沙发上，天梦有点像和空，又像结麻。和空已经有了当哥哥的意识，每天放学回来都会问：天梦在哪儿？对结麻呢，因为年纪相仿，和空可能觉得他抢了爸爸妈妈对自己的爱。不过，一起长大又让两人时刻不能分离。如果我送和空一个玩具，他会立刻问：结麻有吗？六经常说：他们现在是一个看着一个，这样不太好，我要告诉他们，每个人都是自己，独立的。

炉 边

　　那天，从他们家离开时，阿雅把我叫住。她一手抱着天梦，一手拿着苹果手机朝我晃了晃说：我有可以上网的手机了，我们加微信悄悄说。

　　掩上的铁门再次把世界分成两个部分，细碎的日常与广袤的暗夜相互包裹着深深揳入、流变、运动不息。

稲 穂

我默记六教的捆扎稻束的方法：双手把割下的稻穗拢成直径十五厘米左右的一束，左手拇指抵在稻束和稻草之间，留个缝隙，右手扯住稻草绕两圈、打结，最后别进缝隙里塞紧……重复十多遍后，越来越熟练了。

　　下午，稻子快收割完时，田间露出金黄圆润的稻茬，每一株间距大约三十厘米，夕阳反射的银色碎光点点流溢。清晨收割时，每个人腰都弯

六

得很低，干得很认真，留在田里的稻茬低矮匀净。到了下午，大家都累得弯不下腰了，割得潦草起来，最后留下的一批稻茬几乎没过膝盖。第二天一早，六还得从头清理一遍。

稻子刚割下时并没有停止生长，要再晾晒几天才能打成谷子。这最后的时日，稻子接受着阳光和风猛烈的催化。大理的秋天干旱少雨，人们一般把稻束朝天插在田里晾晒。秋天的田野一片澄明金黄。

六用老家千叶的方法晒稻：用木槌把几根木桩朝土里砸深，支起晒稻的架子，把稻束倒挂在上面晾晒。这是多雨的日本晒稻的方法。六说，

稻　穗

稻束倒挂起来的样子很好看，明天就会有人找过来，在这块田里拍婚纱照。他非常喜欢人们以任何方式接触土地和农业，如果人们仅仅被一块田好看的景象吸引过来，他也会很开心。种稻的理由之一是因为稻田太好看。

　　春夏之际，稻秧还小，六带着一把镰刀，去田里适当做些除草的工作。绿油油的地里，一个人弯腰收拾身后的田野。日光倾泻，无人无风亦无言语。六说，在田里干活的时候，会想很多的事，但想不深。一刹那、一刹那，一个一个念头不受拘束自由飘荡。天边的云不断涌出涌出，像一生所经历的事，快乐的、遗憾的，无影无形，唯有记忆中存留的印迹。边界清晰的云，很具体

六

的绯红和洁白，白到清冷泛起银光。歇息时，沿着苍山向北眺望，云的色调越来越冷，尽头只剩山黛与雾白。

下午四五点之后，苍山洱海之间的缓坡显出最精彩的时刻。西斜的太阳从山脊上散射出四十五度斜角的光束，日影游移，光束的线条缓慢延长，深深浅浅的绿在一束光中延伸、变化，光与山林的夹角越来越小，直到光线完全隐没。冬天的原野上，弥散的斜阳在白色房子上投下虾米般返赤的光，光从四面八方涌入回来，天空泛起沉静的灰白。薄暮中刹那间升起明亮微弱的光线，好像这一天才真正开始。

稻 穗

在乡下过日子，人常常感到时日单调漫长，但看看原野上轮番变幻的色彩 —— 夏天绿油油的田野转瞬是秋天澄明金黄 —— 又会恍然于时节流转之迅捷。

九月到了，离稻子长熟、收割还有三十到五十天。稻田慢慢干涸，此时开始在同一片田里播撒麦子的种子，待稻穗长成收割之际，收稻人的脚步不经意地把麦子踩实。稻株的空隙中，麦苗陆续冒出小芽。过几天，到田里再踩一遍，让麦种和土地联结得更结实一点，然后整个冬日和初春，就什么都不用管了。种麦对六来说，是最简单的农活。

六

撒麦种时，六会在麦田里留下三小块空地——到了三月用来育稻秧。按照现代规模化农业的生产方式，培育稻秧的田地通常集中在一个角落。但为了减省种稻时搬运稻秧的体力和时间，六把育秧的小空地匀净地分散在麦地里——一块三平方米的地里培育的稻秧大致能满足周边十多平方米田地的栽种。十二月，六会把这三块地清扫干净，刨去五到十厘米左右的土，然后盖上米糠和稻草以保水保温。隔年三月揭开稻草，土是湿润温热的。

从暮冬到初春，山林、旷野上的冬樱花、梅花、梨花和连翘轮番地开了又谢。苍山上的积雪融化了，露出泛灰的墨蓝色岩石，在春日的轻熙

稻 穗

中，山体流淌着丝绒的光泽。风已不再寒冷，山边坝子的温度慢慢上升，到了十五摄氏度左右，六就开始化育稻米的种子。

　　育种办法很多。现在，许多农民会用药剂浸泡种子，给它们消毒杀菌。按照自然农法，就不用刻意地消毒，只要挑出长得特别饱满的谷粒让它自然发育。六用盐水来筛选种子，把谷粒倒进盐水，那些沉在水下的就是分量足的好种子。把挑选好的种子放进六十摄氏度的水里浸泡十分钟，可以防止种子生病；如果不害怕生病，直接种也行。其实，有没有浸泡消毒这一步都无所谓，做的话会保险一些，不做也没关系。接下来，用纱布把浸泡过盐水的种子包好，放进桶里，每天更

六

换泡种子的水，给它们充足的氧气。

　　三月底四月初，把发芽的种子撒到之前预留的三小块空地里，再覆盖上稻草，防止谷雀偷食。随着麦子长大成熟，水稻的种子也开始发芽，待麦子收割后，就可以种稻了。在日本种稻，如果遇到旱季，一般都有人负责专门管理和分配灌溉用水，今天给这块田放水，明天再换一块，很公平。在大理种稻，四月到五月间，雨水很少，天特别干。六一般早上四五点起来，先看看田里有没有水，如果水变浅了，就沿着沟渠去找水闸放水。

　　沿着田埂向山上走，寻找水源的过程好像

稻 穗

阅读了一部农耕史，各式各样的种地流派，一一在田野上展露出来。精耕细作的田地很少，它们大多隐藏在一户人家的院墙外，在花枝和石头垒成的矮墙下。早起薅耕的人自言自语一阵，界定了这个清晨的寂静，于是和寂静有了真实具体的关系。

路过的大妈停在六的稻田边跟他说：你用这样的方式种不行的。六说：我试试，种出来看吧。我们先是路过一小块用饮料瓶做滴灌设施的田地，地床分割得很细，两分不到的地种了七八种蔬菜。一个人每天种一点点，很少的工作时间。再路过一大片有大型滴灌设施的大葱田，昼夜不息地喷洒灌溉，有人在给葱打农药。据说这

六

块地一年的收益有二十万。六觉得给大葱喷洒农药的做法很多余，他种葱这么多年，几乎没见过什么虫子吃葱。

天亮前是一天中最好的时光。从漆黑一片到慢慢亮起来，天空的颜色和云彩的线条变化丰富而神秘。几颗星星硬邦邦地钉在青灰色天幕上，天边缓缓露出一抹绛紫，再一层层推延、上升，更高的天幕上露出浅浅绯红。转瞬之间，苍穹便出现了一道道墨蓝、青灰、橙色和绯红渐变的柔光，光拢住四野，上升的地气蒸腾着草茎上的露珠，温暖而真实。随后更多的声音出来了——人们起床活动，飞鸟振翅，虫子明亮短促的声音蔓延开来。

稻　穗

早上收的菜最好，露水还在上面泛着光，油亮亮的。六喜欢冬天的菜，顶着霜白。冬天的菜是慢慢长熟的，经过昼夜温差的催化，吃起来特别甜。他说：冬天的菜不像夏天的菜那样不停喊着"我来了我来了"，它们很安静，没有那么多"我我我"。

大清早，露水沁透泥土，路是软的。潮湿的褐色衬得深紫粉紫的豆花最美，凌空飞翔的羽翼展露在深阔的田野上，空气中弥散着隐约清苦的豆香。溪流与河渠隐藏在枯草间，流水淙淙，你得静下来辨析流水的远近。六熟悉这里每一块石头的棱角、每一条溪流的方向，他熟练地爬到高处，拔开水闸，先放一放不够清洁的积水，再堵

六

住其中一个出口，把水引到自己田里来。

　　一个人干活时会想很多事，小时候的事、今天的事、昨天的事……如果昨天为什么事生气了，就想想为什么生气，那个让人生气的人是怎样的，试试理解不同的人，很有意思。人的情绪时刻变化不停，而自然是恒常的。无论你难过还是开心，每天太阳都会升起落下，月亮落下又升起。感受到自然的恩惠时最开心，六说。

　　八月以后，在停止了挖水灌溉的十几二十天里，水田趋于半干，六开始在稻田里撒麦种。每颗种子都有自己的性格，撒下之后不用盖土，让它轻轻地落在土里就可以发芽。如果盖上土，遮

稻 穗

住了光，它就发不了芽。麦子、胡萝卜、罗勒的种子都是这样。

撒下麦种三四十天后，就开始收割稻子。人下到田里踩一遍，麦种会随之落到更深的土里，更结实地和泥土融合，慢慢地长大。如果有好的撒种技术和方法，撒的种子会很均匀。每年循环地种一季麦子和一季稻子。

一年中，朋友们会收到一次六的留言：我明天种稻了，要种大米、黑米、红米、紫米、糯米。如果明天中午有空过来帮忙，对我们是很好的帮助。于是，分散在苍山脚下村子里的朋友们就会到银桥，一起收麦和种稻，途经大理的陌生旅人

六

听说了，也会很自然地跟过去。

　　六不停地打电话给阿雅通报情况：人又多了几个，要准备多少饭食……中午时分，阿雅做好足够二三十人享用的饭食 —— 饭团、鸡汤、烤蔬菜、沙拉，送到田里。六从田边小溪里摸出早已冰镇好的啤酒，大家坐在田埂上，听着音乐、吃吃喝喝，像过节一样。每年耕种和收割的时节，这场田间派对让我们向往。平时大家都不知道藏在哪里，和六一起劳动时才纷纷冒出来，谈天说地，难得的相聚时光。

　　一般人种稻前会翻耕一遍田地，把土弄松软，所以很容易插秧。但六用一种更原始的方法 ——

稻 穗

收麦子时把麦秆返回田里作为积肥，不挖地也不翻耕，所以土是硬的。收到六的种稻短信那天，我好奇了一整夜：硬邦邦的地块怎么插秧？第二天，太阳已升得老高，我们赶了过去。

　　六拿着几支细竹竿，站在田边教大家种稻。竹竿长三十厘米，先把它放平，用来衡量每株秧苗的间距，再竖起来使劲戳进土里开个小孔，然后拈住秧苗轻柔地放进孔里，最后把土围拢、摁紧，一株稻秧就栽好了。这是很仔细的活儿，谁也不说话，每个孔的距离和深度、竹子穿过软泥的手感，许多细微的感觉吸引着人的注意力。人在倒退，种好的稻田向前推延，田野安静下来。

六

这是六初次尝试用竹子开洞的方法种稻。
这一年，收成不好不坏，也可以说稍微低于预
期——一亩多水田最后打了两百斤大米。六用牛
皮纸袋包装好大米，挨家挨户送给一起种稻的朋
友。送稻米时，阿雅背着结麻、牵着和空站在六
身旁，一家人郑重地表达着感激。

六在大理连续耕种了三季稻米。做有机农业
的公司派人带着聘用合同一路从村口打听过来，请
他教种地。六愿意教人种地，他想让人们了解自然
农法的具体做法，帮助他们建立对这种耕种方式的
信心。不过，他更希望教那些在贫困家庭里长大的
孩子。只有这样的人才会真正在意种地这件事，明
白如果不种地就不会有食物和好的生活。

稻 穗

印象中，稻米收成最好的一年是六开始种稻的第一年。当时，他们一家住在没有水田的山上，六特别想种稻，就在靠近洱海边的生久村租了田，每天骑电动车从山上下到海边盘田、引水、薅草，干劲大极了。收稻时，六邀约了一帮朋友。那时大理还没有可以玩的农场，很多人带着过节的心情去收稻，孩子们在稻田里游戏，大家第一次那么亲近土地。

第二年，六和阿雅搬到银桥镇的上银村。那一年事情特别多，新租的房子需要修缮，六不太有时间和精力种稻了。可是阿雅怀了第二个孩子结麻，六觉得，阿雅需要吃好点，所以在村子附近租了一亩多地种稻。他对这块新地充满期待。

六

稻子的长势一直很好，待稻子快成熟时，他发短信请朋友们帮忙收割。头一天，只有六、阿雅和住在他们院子里的一个叫马萨的日本人一起干。傍晚时，他们把晾稻子的架子搭了起来。

正式收稻的中午，六和阿雅准备了一些饭食，朋友们又带去酒和食物。有几个老外刚到大理就跟着过去收稻。老孙拍到一个从智利过来的男人，那人刚到田里就拉着一个人问：你是哪里来的？对方回答：我从瑞典来。另一个人碰到以前有过交集的西班牙女孩，直接就抱了起来。大家在田里特别无拘无束。还有老师带着一群学生来搞自然教育。稻浪在人们身后起伏，场面温馨得像个大派对。

稻 穗

　　但那年的稻子收成很差，因为六之前没有自己留稻种，从网上买的种子。蓝莓公司又急着接收这块田，没等稻穗完全熟透就得收割。收完以后，六的心情一下子变得很低落。第二天又赶上大风，晾的稻子全吹倒了。老孙觉得，那是六最沮丧的一次。

即 兴

石头有声音，木头有声音，火焰有声音，阳光洒下来也有声音。我们坐在空荡的天井里谈论声音，声音旋即被风吞没，风的声音又被虚空抹去。

那天下午，我们在等星谷源次郎来取种子。源次郎是唱民谣的旅行者，从奈良来，第二天回去。音乐和种子一样是要一直保留的。一个老的音乐人教会一个年轻的人做音乐，很多乐器的制作和演奏方法就流传下来，很多歌也留了下来。

六

六放了一段日本民谣，跟我略微解释了几句：你听不懂歌词，也许能进到它更深的里面去。

源次郎在路上做音乐，一边旅行一边唱歌。六敲了敲自己的心说：在路上做音乐重要的不是技术，是这里。人们看见了你的心、你是怎样的人，才决定会不会帮助你。共鸣是一个好的技术。

每次路过大理，源次郎都会来六的家做一场小的演出。阿雅邀请我们去听。她说：累的时候，我听源次郎的歌哭了。他的歌很简单，唱两个人晒着太阳喝茶的情景。

二十二岁左右，六开始在路上做音乐。一把

即 兴

吉他、一支迪吉里杜管，随身带着，到了一个地方，看看环境，再看看行人，如果感觉人们需要安静的音乐，就会弹吉他唱一首歌：

> 风在看着你，风倾听你的声音，
> 风会带你去想去的地方。
> 开始吧，上路吧，风会带你到想去的地方。

带着乐器旅行，音乐让六的旅途不寂寞。在路上遇到同样做音乐的人，就即兴地玩一段，彼此很快靠近，越过很多障碍，成了亲密的朋友。六在大理定居以后，很多过去在路上认识的玩音乐的朋友会从很远的地方找过来，一起玩几天。有时候，古城里一家酒吧的老板也会打电话给六：

六

从菲律宾来了一个弹西塔琴的，要不要过来玩一会儿？

什么是声音，什么是音乐？一个耳朵不好的人听到的音乐并不比我们少。每当谈论音乐，六的语言不知不觉变得空灵幽深，一面苦恼于音乐是说明不了的，一面又十分轻松地吐露：一个耳朵不好的人感知到的音乐并不比我们少。语言变幻了属性，仿佛悬停在一个时间以外的地方。

安静的清晨，六在田里干活。在距离土地很近的地方，一只虫子的声音出来了，鸟的声音出来了。鸟的声音常听得见，没那么新奇，但虫子的声音稀少又轻微，这是一个农民感受得到的快

即 兴

乐。应该让普通农民感到更多快乐，六说。这时，另一个早起耕种的人从田埂上走过，絮絮地和他的田地说话，自言自语。越来越多的声音汇合起来，喧闹的清晨来临了。

什么是声音？什么是音乐？如果听见一只虫子发出声音，它只是个自然的声音。如果另一只虫子加入，它们的声音交织起来，相互应和，你不由自主想进入这声音里去。你投入了情感，安静下来，这些触动你的声音就是音乐。

小时候，六喜欢嘻哈文化，喜欢穿宽大松垮的衣服，一副什么都无所谓的样子，因为要叛逆。后来在澳大利亚旅行时，开始接触电子乐。六觉

六

得，在嘻哈派对上，只有跳得好的人才能跳，大家已经决定了一种跳舞的方式。但在电子乐里，任何想跳舞的人都可以起舞，很随意很自由，人们跳得也更放松更有趣。有人躺在森林里，感觉自己还是在跳舞。六因此喜欢上电子乐。

六说，如果一个事情的概念太小，会不太好玩。它应该是多义的，有很多机会，不同的人都可以感觉到，也就有更多乐趣。音乐是丰富的存在，所有人都可以一起玩，它让人快乐。如果在一首歌里感觉到寂寞，那也是一种快乐的情感。

如果想和更高的精神世界里的事物对话，人就需要找到不同寻常的声音形式。澳大利亚人的

即 兴

祖先敲击被白蚁蛀空的木头，木头发出声音。这
是人自主找到的声音，它来自自然，神秘深长，
让人开始与看不见的事物对话。六很喜欢吹奏这
种澳大利亚古老的乐器 —— 迪吉里杜管。

　　很多人喜欢天空般轻盈的音乐，而六喜欢低
沉的声音 —— 深入到地里的声音。种稻时，六用
不怎么讲究的音箱在田边放电子乐和民谣，干活
于是没那么累。休息时，一人捧一缸热茶，草丛
里放着一首冲绳民谣，空间的形式好像被改变了。
有时候，路过的老人背着背篓穿过一丛丛灌木，
背篓里放着一曲白族的三弦，空间的形式也被改
变，或者说枯草散发的香气也改变着曲调的情绪。
鹞鹰在天上飞了几圈，鹰哨时而清越时而悲凉，

六

似乎取决于天色和气流，空间也在不断改变着声音的讯息。

二十几岁时，我曾在这一带的村子里跟随一对在绕三灵仪式里用白族话对歌的老情侣。三年里，每当四月绕三灵的游神祭祀活动开始，我就从下关过去找他们。当时我很好奇他们相处的方式，还有两人之间唱曲调悲凉的歌的含义。一个人唱过来几句，另一人即兴应和几句，曲调简单重复。尽管听不懂歌词，却能感觉到不断推进的情绪，尤其是歌唱停止的那个瞬间，回应的声音还没有出现，静悄悄的，仿佛存在着某种悬念。第三年，老太太来了很久也不见老头，好心人上前跟她说：他已经过世了。老太太什么也没说，

即 兴

转身从溪边摘了朵紫色的花，放在水中看它漂流了一段，回去了。

　　走在村子里，偶尔会听到白族人祭祀的音乐和诵经声。虽然语言不通，但六很容易就能分辨出什么是喜丧的音乐，什么是哀悼的声音。他说，他们的音乐有两种：一种是开心的，一种是寂寞的。年纪小的人死了，音乐是伤心的；年纪大的人死了，音乐是清越的。日本的话，冲绳那边葬礼的音乐是快乐的，有唱歌也有三弦；本州的音乐就很悲伤，有人念佛经。南美洲那边，人死了有时也是开心的，人们唱歌喝酒。遇到什么样的事情都没关系，开心的、伤心的都是我们的感情。

六

　　风穿过木头房子的空隙发出声响，吹动院子里的野草。一段空悬的时间。我第一次仔细辨认六家院子里石头缝中长出的野花野草。进门的石头缝里冒出一株重齿玄参，它本应存在于海拔三千米以上的林中。屋顶上一株大的仙人掌旁掉落了一瓣幼芽，在野草间探头探脑。蕨类都长在屋檐下。从没觉得野草生长在日常生活的场景里会那么自在、好看，一种无目的的好。

　　一个冬天的晚上，我们四五个人围在院里烧旺的柴火盆边，甜而荒凉的风吹拂过，一片枯叶飞旋落下，发出干燥的声音。我们的新朋友，加拿大人斯蒂芬走到廊檐下拿起吉他轻拨，弦音流动，六随即吹起迪吉里杜管。只需要一个动念，

即 兴

音乐就流了出来。迪吉里杜管的音调深长凝寂，如细浪清风拍打岸礁，涌浪层层、若即若离。来自菲律宾的雷蒙弹起西塔琴，法国人北同敲卡洪鼓，俄罗斯乐手彼特也加入进来。慢慢汇合的旋律的线条和块面瞬息万变，仿佛世界的倒影。

第一次听六和朋友的即兴。我想起不久前一个有风的傍晚路过湖边，乐音与那时的景致微妙地参差流动，形成一股充满撞击的意识角力。一朵绯红的云孤悬着，风以快慢不定的节奏吹过，湖中央遇到一股涡流。被涡流所阻，水波顿然静止，没有丝毫波动，在水面上嵌刻下一片丝绒般的明净。

六

月影在我们身后慢慢移动，穿过屋顶上蓬松的秋草和更高处的秃树梢。墙壁被漫天的藤萝缠绕，犹如天空中的莎乐美。

迪吉里杜管的循环之力在弦音中跳动，西塔琴在雷蒙手中揉得更加细密，四周的浪涌更激越了，水波匀净细微地颤动，趋向没有尽头的时空。忽然一阵疾音上升，风拂过，秩序消失了。流水涌入平静的水域，冲击、回旋，云影飞快飘移，天和地微妙应和，意识来不及反应，纵向横向地渗透着。几秒钟内，天空、湖面与倒影的世界重新排列秩序，西塔琴、吉他、卡洪鼓和迪吉里杜管的声音纷然下落。声音留在天上，这些器乐重新具备了物的属性，每一种音色与气息在空中闪耀、在空中坠

即 兴

落。晚风中流荡的一切重又能够辨识。

不只是耳朵听见的才是音乐，身体的其他部位也时刻能感知它。手指、皮肤感到的所有震动都会把人引向更高的精神里。六喜欢吹奏迪吉里杜管时呼吸之间气流的振动，还有蒙古的呼麦，它们模仿土地、海潮、犬吠、树叶的摩擦、沙丘移动，带来震动的感觉，你的精神由此去往更深的地方。

还有很多人在一起诵经的声音，好像当中存在着一个看不见的调音师，所有声音汇合起来不停地循环。日月星辰是自然世界的调音师，一簇光照亮小路上的枯草，听见霜隐没的声音，但那是不断消失、只能消失的声音，与诵经的磅礴循环不同，与电子乐的精确循环也不同。

　　六喜欢循环的声音。也许因为尘世中人对永恒的仰望只能借助这些无穷无尽的微小循环，一百遍一千遍地发出同一个音节，身体和意识领受这无望的震动，进去进去进到最里面去，但没有尽头还是没有尽头，忽然一个声音出现，啪一下打破所有的虚妄和撞击，换了一个新的空间——一个不一样的视界，更高的循环。

味 噌

六喜欢自己做一些发酵的食物：味噌、米酒、豆腐乳和咸菜。他觉得，发酵食物在空气里转化生长，催发各式各样的菌群，房间里浮动着很多有益菌，对健康有好处。这是日本普通家庭的传统生活在他心里留下的印迹。

　　过去，每个小家庭会自己做味噌、纳豆和酒，然后集中到村口的小卖部售卖，每一户做出的味道都不一样。这样的情景依靠奶奶那一代人的回忆讲述出来。到了六的父母一代，日本的经济高速发展，超市取代了露天的菜市、取代了村口小卖部。人们已经很少做味噌之类的传统食物了，什么都可以在超市买到。而一些良好的技艺、味道和风尚也随着便利的生活失去了。

做了父亲以后，六经常想把自己的成长经历再看清楚一些。有时，他会含混地说一句：不知道啊，人的成长太奇怪了，一个叛逆的孩子，遇到某种机缘又会变成一个很好的人。那好孩子呢？

他观察日本人的饮食习惯，发现父母那一代或者年纪稍大一点的人，慢慢变得不喜欢传统饮食了，不怎么吃米饭，爱吃面包、喝咖啡，努力

味 噌

赚钱，然后购买食物。不过，听说现在吃米饭的人越来越多，日本人正在回归传统的饮食习惯。也许每一代人反叛的都是上一代人形成的传统，父母一代反叛的那个更古老的传统，经由六这一代人的反叛又回来了。

我们绕过结实的石头房子，去看六在山脚下种的一块菜地。朝着山边走去，巨大的仙人掌和淡黄色茅草摇晃着一条小路。和空跟在后面，吃力地爬过一个个坎。经过一株荨麻时，六伸脚把荨麻荡开，看着和空跑过去。一道小小旧旧的灰白色山门飘浮在山影与村舍之间，棕榈婆娑。

夏日将尽，胡萝卜长得沉实饱满。六特意带

六

我来看胡萝卜的花和种子。给植物留种子是为了尊重它们的习性，还有就是只有留种子才有机会看到很多植物最好看的一面——长老了的花和果实。跳过蜿蜒的溪流，拨开灌木和杂草，我们钻进了六的菜地。胡萝卜长得老高，蓬松的灰绿色叶子、花冠摇晃着远处的山影，泛紫的蔚蓝色崖壁耸立在更远的地方，山林上空植物的线条蔓延在斜阳中，空气里分层次地滚动着草木香：太阳炙烤枯草的气息，苔藓阴柔的香气，流水和桉树叶子浓稠的味道。

出门时阿雅塞给我和和空每人一块豆渣蛋糕，此刻，绵密的甜味在口中，如树叶中漏下的光斑跳荡不已。和空拍拍手，忽然跑起来，结结实实地摔在田垄上，我下意识地走过去拉他。六说：不用管他，他自己会起来。不过和空就势在地上玩了一阵泥巴。

六种地的工具极简单，只有一把镰刀。他很爱惜他的镰刀，有空就磨，磨好后试试锋利程度——手指和意识沿着刀锋滑行。我想，如果要去往太空，徒手开辟新的生活，得靠他们这些在旧星球上徒手耕种土地的人吧？镰刀用来除草、刨坑、种东西，像锄头那种稍微现代一点的工具很少用上。

六观察每一种植物的习性，发现植物的养分需求和根系在泥土里释放的元素有一个内在平衡，

六

不同品种的蔬菜对碳和氮（土壤中作物生长所需的重要元素）的需要不同，蔬菜和蔬菜、蔬菜和杂草之间都存在交换，有时候除掉一棵杂草，它附近的蔬菜也会慢慢死掉。六觉得科学家肯定对生物的共生关系有所解释，他想了解这一类知识理论，倒不是为了去求证什么，只是好奇自然奥义如何被语言叙说。

如果试着去了解自然，可能会活得简单些、放松些。六的灵感大多来自平时对农事细微之处的把握、对自然的感知。我们吃的食物是自然的恩惠，自然给我们的就是我们身体需要的食物。自然农法考虑最实在的问题：这个地方能不能种这种作物？如果不能，就说明身体不需要它。

味 噌

　　自然农法不翻耕土地，对土壤的微生物平衡干扰很小，即使连种，对地力的影响也会比现代农法要小得多。有时候，一直在同一个地方种同一个品种，地力反而会越来越肥沃。如果采用现代农法耕种，地力消耗会很大，必须得轮种才行。但现代农法以效益最大化为原则，几乎不可能精耕细作地轮种，于是不得不施肥、打农药，这又会造成新的问题。用一个问题去解决另一个问题，问题永远层出不穷。

　　每种蔬菜的种植方法不同，比如南瓜和萝卜可以一直种在同一个地方，而大部分蔬菜都需要换不同的地方种植，不然土地会越来越贫瘠。同一科的蔬菜一般不能种在同一块地里，比如番茄

六

和青椒不能轮种，番茄和白菜就可以。一般是三年换一个地方轮种，循环起来。

这里种过什么，今年应该种什么，要记得这些事，明年才知道在这里要种什么。

六甚至都记不清这些常识到底是从书上看来的，还是有什么人教过。面对一块地时，一个农民会本能地考虑种在哪里和怎么种。

农业是一直要做的事情。六说：几百年后，如果我们想吃什么东西，还是要向自然要。如果想保持我们的天性和情感，就得吃土里长出来的东西，它们驯化着我们的内在。

味 噌

二〇一三年，六和阿雅第一次从泰国过来时，租的房子很简陋，是老百姓家的一个小偏房。朝南的房间，阳光很好，他们把房子打扫干净，把墙和院子擦干净，很开心地住了下来。上银村的家，是六在大理租住的第三处房子。租下这座老院子时，房子已经被蛛网和藤蔓占据了。屋梁和椽子被烟火熏得乌糟糟的，完全辨认不出木头本来的样子；屋顶上的瓦片松空了很多，屋里漏了很多雨，水渍斑驳，阴暗潮湿。六请了几个工人把瓦一片片取下来，又和阿雅一片片洗干净，能用的再装上去。阿雅当时怀着结麻，挺着个大肚子坐在梯子上擦屋顶，哐哐哐地上上下下搬东西。

院子角落里的洗浴房是搬进来之后用石头新

六

砌的。当时，他们挖化粪池、盖卫生间，花了一万多块钱，是维修这座房子最大的一笔投入。对待住的地方，六和阿雅更在意功能和舒适性，不怎么看重装饰。他们的家看起来很简朴，但熟悉之后，又会发觉这个空间随处充满妙趣。

院子低洼，雨季总是积水。孩子们常常在苦夏的水洼里踩水玩耍，夏天的傍晚有一种永不完结的好。六从墙角搬来几块圆滚滚的石头，零落地放置在空地上。下雨的时候，几块石头连接着厨房和卫生间，方便行走。雨停了，这些随意放置的石头又从干燥的灰色地面上浮起来，一种玲珑的美。雨天和晴天，石头交替变幻着情状。

味 噌

　　修缮房子的材料大多从自然中寻得。院子角
落里有一个"地球烤箱"，我们常常用它烤比萨和
面包，再抹上阿雅用腰果和醋做的腰果酱。砌烤
箱时，六用泥巴和稻草混合后发酵，再反复涂抹
在竹子编的穹隆式的模型上，待泥巴完全干燥之
后，放火烧尽竹子穹隆，一个泥制烤箱就垒成了。
六说：泥巴是有趣的材料，发酵后黏性和稳定性
很好，还有很多肌理和形式上的变化。和水泥不
同，泥是不断生长、变化的物质，感觉没那么高
级，没那么漂亮，这很好。

　　六偏爱那些能够发酵的事物。人的意识、感
觉、记忆，人和人、人和事物的关系，都在缓慢
的发酵中，永恒地生灭。

六

　　时间，物质世界中万能的推动者，穿透风、石头和尘土。在面对作为物质存在的工作对象时，一段有长度的时间，带给六安全的感觉。他的工作总是在处理物质和时间、环境的关系。味噌需要一年来发酵，足够漫长，所以他觉得味噌是好把握的食物。而米酒的发酵时间太短，不容易控制。

　　如果理解了自然世界永恒变化的本质，人就会接受每一次制作的发酵食物口味上的差别。不过，人们总是要求标准的味道。在日本，售卖的米酒需要加入稳定剂，杀死菌群后封存好。但饮酒的乐趣正在于喝的是一口还活着的酒。

味 噌

　　冬夜里，我们做完今年计划做的两百斤味噌，封存起来之后，来到院子里喝六做的米酒。阿雅在对面的洗浴房里洗衣服，一件一件从洗衣机里拿出洗净的衣服——孩子的几件，六的一件，自己的一件。一个很普通的家庭。

　　阿雅喜欢的那只小猫翻过隔壁院子的墙，从外面回来。猫耳朵的影子先竖在院墙上，没有动静，久久不见猫。影子又绕过更高的墙、野花和仙人掌。回家的路千百条，数完一百片落叶就是家。猫脚下的院子里，六养了十多只鸡，阿雅用做亚麻籽油的果实残渣喂它们。夏天，一只母鸡孵出第一只小鸡。六高兴地问：你听见小鸡的叫声了吗？我们都不再说话。

六

　　我可以这样说，六所有的快乐或悲伤是一
个真正的农民所有的，他就是一个传统社会里的
普通农民 —— 在季节的循环中，尽心尽力地劳
动，然后接受自然给予的任何结果。小鸡孵出来
时，他为生命繁衍的迹象高兴（自然很少让他的
期望落空），又会为意料不到的损失难过。冬天的
一个晚上从地里回来，发现地里的白菜被偷了五
棵，他沮丧地坐在夜色里数算着昨天刚被偷了两
棵 —— 本来是要做韩国辣白菜的。

　　零碎烦琐、阴晴不定的现实以转化了的形式
时刻侵扰着六的心，只不过它再也不像少年时代
那样膨胀、虚空，始终找不到存在的立足点。青
春逝去后，曾经反叛的少年发现生活仍然一刻不

味 噌

歇地编织经纬网罗他的心神。现在，一天天的事
务就摆在面前。阿雅用笔在冰箱的便签纸上记下
一周的安排：明天去公安局办天梦的签证，后天
做酒曲、举办天梦一百天的派对，三十号坐火车
和飞机回千叶……她凑近冰箱写字的感觉，让我
想起奶奶趴在一台披着暗花丝绒面盖布的收音机
旁拨动旋扭调试波段的情景，发丝缠绕着耳郭。

　　十二月底，我们做了今年的倒数第二次味噌。
六的朋友魏道也来了。每回冒着细雨去六家做味
噌时，开门的阿雅都会说：发现没？六一做味噌
就是阴天。

　　六说：如果你的工作对象是看不见的东西，

六

就要祈祷神明保佑。做味噌面对的是看不见的菌群，所以需要神的保佑。不知道冬季阴雨的天气会带来怎样的运气，生成怎样的滋味。

做味噌要先用大米做酒曲菌。把米淘洗干净泡在水里，冬天泡二十四小时，春秋泡十八小时，夏天泡十小时。然后把水完全滗干，用棉布包裹好大米，再用洗衣机甩干，如果不用洗衣机，就翻转着晾晒不同的面向，各晾一个小时。最后上锅蒸三个小时左右，开始用慢火，慢慢加火，中间是最大的火。等米变软了就取出来。

六在火炉和水管之间有条不紊地工作。三架柴火炉上分别蒸上了米和黄豆，六洗着竹的、不

味 噌

锈钢的、搪瓷的容具,再一样样码放整齐。容具
碰撞叮咚叮咚,火炉上的锅咕嘟咕嘟,像一只手
在天光下摩挲滚动一块石头,发出有序的声音。
水沸腾的感觉,让人犯困。六坐在石阶上点根烟,
光雾浮动。

　　等蒸熟的米温度降到四十摄氏度以下,就把
酒曲的菌撒在上面。六没有智能保温设备,想了
个土办法:在纸箱底部放上毯子,然后把拌好的
大米放进一个个装食物的牛皮纸袋里,装到三分
之二满时排掉空气,再把纸袋放入纸箱,在袋子
和纸箱之间垫上棉纸,最后用棉布和被子盖上。
静置十八小时后,大米会散发出一点酸的味道,
说明它开始发酵了。随后大米渐渐生发热量,温

度慢慢升高。二十四小时后，把大米从纸袋里拿出来分割成十厘米厚的小块，再用纱布一块块包好，放置十小时左右。这样前后一共放置了三十四小时，酒曲的温度达到一个峰值，菌群的活跃度升高，这时需要马上散开降温。静置四十四到四十八小时后，大米的温度降到一个稳定的状态，菌群安静下来，可以看到黏黏的白色物质，吃起来是甜的，大概就是成功了。

　　和六一起工作时，我认识了他的朋友们。他们来自不同的国家，有相似的志趣、爱好和经历，差不多都是在漫长的旅程中和人相遇，来到这个小镇，停留下来，按照各人所有的条件慢慢开创一个小家庭的生活。未来或许还将去往别处。

味　噌

二〇一六年收稻时，我认识了魏道和他的妻子晏子。魏道和六的交往，缘于妻子要生孩子了，他们去六家里请教生孩子的事。魏道送过六一本日语版的《小的是美好的》（*Small Is Beautiful*），这本标记了波浪线、做了笔记的小书，放在矮柜上。这是一本关于小而美的经济体的小书，魏道读了之后很喜欢，于是在网上买了日文版，辗转寄到千叶六的妈妈那里，妈妈再寄到中国。

魏道是美国人，毕业于美国乔治城大学，最初学国际政治，后来对中国文化感兴趣，转到中文系学习。劳动的间隙，我和他聊到《小的是美好的》。魏道说：六就是一个做小经济的实际例子，但他不是受什么思想指导，而是喜欢就去做

六

了。完全是一种个人选择。一个没有太多资源的
人，需要更聪明地安排他所有的生产条件，通过
自己的劳动支撑起一家人的生计。

当我说六是一个传统又后现代的人时，魏道
总是马上反驳。他不喜欢现代、后现代这一类词
语，不喜欢进步或落后这样的概念，尤其不喜欢
"全球化"。魏道有着美国人特有的幽默和旺盛精
力，求知和辩论的欲望一样强。他说，如果可以
用"现代前"这个词，六应该是"现代前"的人。
如果几百年前的日本人穿越到此认识了六，可能
会觉得除了个别的生活习惯比较奇异，六和他们
没什么差别。

味 噌

　　北同是六做音乐的朋友。他从巴黎一路搭乘顺风车，穿越西亚到达中国，在大理遇到了喜欢的女孩。两人本来计划去东南亚继续旅行，不过往南走了一段之后，忽然决定回大理生活。他们结婚生子，练习一种叫火舞的演艺，如今在做杂耍和剧场表演。

　　北同以前是程序员，因为喜欢旅行就辞了职，开始了搭顺风车的旅程。在路上，北同遇到一位来自英国的年轻盲人旅行者。当时，北同在一道小瀑布下洗澡。之后，盲人问他：刚才那个裸露的人是不是你？北同好奇起来：你不是看不见吗？盲青年的向导从树丛里钻了出来。可爱的旅行者想看世界，即使什么都看不见，也要雇一个

六

向导跟着他四处走走，这也看看那也见见。

　　每一季种稻收稻时都会遇见酒井先生。他来自福岛，孤身一人。每一次干完活，大伙儿坐在田野上歇息的时候，酒井先生就从衣服口袋里摸出一捧糖果，分给每个人。我的第一印象是：这是一位父辈一样的人物。

　　六每周一到集市上摆摊卖拉面和杂货时，酒井先生都会过去帮忙收拾碗筷。很多客人以为他是六和阿雅的父亲。酒井先生是位老派的人，有次我向他请教学语言的事，问起学费多少。酒井先生坚定平和地摇了摇头说：学我们国家的语言不用付钱。我们谈论六时，酒井先生开门见山道：

味噌

我和六不能算朋友，我们年龄差距太大了，不能说很多话，我很佩服他。六觉得，酒井这么说可能因为如果一位年长的人把年轻人称作朋友，年轻人会害羞。他是怕我害羞吧。六说。

　　一天下午，我们坐在六摊位后面的台阶上聊天，酒井先生消失了一会儿。过了一阵，他领来一位咖啡馆的服务生，端着两杯咖啡和一杯果汁。我请你们喝，我有退休金。酒井先生站在服务生后面笑着说，像一位从是枝裕和电影里走出来的人。后来他谈起日本的文化和晚近日本社会的变化，时常呼应了六和阿雅这一代人的成长故事。六他们开始旅行的时候，日本的经济已经在走下坡路了。现在的年轻人几乎不敢出门旅行，

六

因为工作机会难找，一动就没有工作了。酒井说着，我们听着，六张罗着买卖，一下午就这么悠缓地过去了。

二〇二〇年一月的一天，忽然收到酒井先生过世的消息。当时，出行已经受到限制，酒井的中国朋友通过领事馆辗转找到酒井在日本唯一的亲人，他的妹妹。酒井生前对自己的私人生活讳莫如深，朋友问他：您从哪儿来？老家在哪里？他一概笑笑说：我忘了。在任何喧闹的场景中，他都是疏离孤独的，但看得出，他很喜欢（应该说珍视）六一家的家庭氛围。每回集体劳动或者派对，他都会带着孩子们喜欢的芝士蛋糕过来，但很少和人寒暄，总是一言不发地帮阿雅做零碎

味　噌

家务。慢慢熟识后，再有人问他：您从哪儿来？
他就微微笑着，玩笑地说：福岛，是不是觉得正
和一个有毒的人坐在一起？听的人会感到心酸动
容。这样的时刻，你能感觉到他很想打开自己，
说说自己的故事。

　　最后一次见到酒井先生，是他坐在咖啡馆里
的一个背影，二〇一九年十一月的一个清晨。当
时我们已经很长时间没见面了，很想上前和酒井
先生打声招呼，但那个背影好像在说，他全然享
受着独处的时光。

　　每当我想把这些相遇的人、我们相处的情
景再看真切些，它们就消失了。我们究竟说了什

么，想过什么，到最后都不及大家坐在收割后的田野上看见的那只鸟——它贴着我蓬乱的头发飞过，上升，平缓地飞行，飞到哪儿是哪儿。鼻梁和睫毛上，还留着凉风，我记得那只大鸟警觉的灰眼睛。

六　说

卷六

自 然 的 恩 惠

很 多 人 活 得 太 干 净

他 们 也 许 是 逃 跑 的 人

● 六自述的时间为二〇一七年。

这是刚做好的迪吉里杜管。澳大利亚人的祖先发现了被白蚁蛀空的木头，便试着吹了吹。哇，这个声音太好了。迪吉里杜管开始用在治疗和庆祝的仪式上。

　　我现在用的是松木，以后想用核桃木做。十二年前*，我十八岁，开始旅行时还不知道自己喜欢做什么东西。我一边旅行一边帮人种地，直到找到迪吉里杜管。种地和做音乐，我应该会

六 说

一直做，会越来越有经验，这是很美的生活。

我一直随身带着它。旅行时会遇见很多人，总是可以结识很多朋友，音乐给了我这样的机会。我和别的音乐人或乐队一起玩，赚了钱就继续旅行。

终于开始自己做迪吉里杜管了。以前我没想过要亲手做乐器，直到遇见一个人，他教给我制作方法。既然我亲手做了很多吃的东西，那乐器啊，还有很多木工活，也都可以自己做。木头和乐器是有灵魂的。种地给了我音乐的灵感，从音乐中又了解到怎么种地更好 —— 所有的事是一个整体，相互激发灵感。我喜欢自己做东西，当时太阳能。

自 然 的 恩 惠

有一个很安静的想法。

吹迪吉里杜管时要运用循环呼吸法，呼和吸是一起的。它有很多不一样的节奏，吹的时候特别舒服，有助于健康。这是上天给予的声音。我做的音乐、吃的东西、种地时摸的土都是来自宇宙的力量，人只是一个媒介。抱着这样的想法，我们得到的力量会更好。每天我都在和这个力对话，我的身体、我的手，知道怎么去运用它。

我平时也会给客人做按摩。对按摩来说，呼吸也很重要。如果我的呼吸很急很浅，被按摩的人肯定不舒服。如果我的呼吸跟客人的同步，我们呼吸的速度是一样的，他的身体就会接受我的力。很多事情，我不是为了赚钱。收钱的话，肯定每一次都要很认真。

如果不想抱着赚钱的目的做事，我就需要学会不同的技能，掌握不一样的劳动方式。如果只能靠一件事情收钱，人就钻到钱眼里了，心就会很累，做的事也很乱。有些艺术家只做艺术这一件事，一直做，也不赚钱。这个也对，他们是很厉害的。但对一般人来说，钱还是重要的。所以我希望年轻时，碰上感兴趣的事就去学习，这样以后的人生就不害怕了。

种地、做食物、做音乐、按摩、养鸡、打扫、养孩子，这些都是我的工作，甚至睡觉也是

自 然 的 恩 惠

我的工作。我不认为只有赚钱的事是工作，对我来说，工作就是生活。如果有人问我：你的工作是什么？我可能会回答：呵呵，睡觉，我的工作是睡觉。

现代社会普遍的情况是，普通人大学毕业后去公司里工作，没什么特别的技能，丢了工作就特别焦虑，不知道要做什么。如果一个人一直在一家公司里做一件不喜欢的事，这样的生活还是太寂寞。我想告诉年轻人：去学更多的东西，看更大的世界，这样人生的压力不会太大。

如果工作只是重复做一件事，你的心就会很乱，因为没有别的办法转化累的感觉。现在，我

六 说

们对工作的定义太小太窄了。如果一个小孩子学习不好，大人就很着急。他们想的是孩子学这些能不能找到工作、能不能赚到钱，所有选择都归结到赚钱。

钱很重要，我不能说钱不重要。按摩老师跟我说过：如果你想按摩得更好，一定要收钱。收了钱，你才会更努力地学习，有更多的经验，而且付钱的人也会告诉你真实的感受。如果按摩是免费的，大家就会礼貌地敷衍：很好啊很好啊。只是客气。

收费是一个互相约束。不过也要看人，有的人即使免费给他东西，他仍然觉得自己有责任提

自 然 的 恩 惠

醒你，但大部分人会因为免费而忘了自己的责任。

　　每个人都不一样，相处起来很难，但也很好玩。我周围生活着很多做不同工作的人，每人做的东西不同，可以相互交换。如果大家做的都一样，就特别简单，也没意思。

　　现在有些教育不主张发展小孩子的个性，要求大家保持一致。小孩子看的、学的是周围的人：别人都这样，我也要这样。大人也没有接受"每个人都是独特的"这个事实。如果小孩子做了特别的事情，大人就会认为他不行。

　　农业也是这样。大家都用标准化的种子、农

六 说

药和化肥，似乎只有这样才能赚钱。这和学校、公司对人的要求很像。自然里没有标准 —— 这个是好的，那个是不好的。我们习惯人为地给一样东西下判断，这对我来说太恐怖、太困难，我只能说自己喜欢还是不喜欢。为什么会有化肥、农药？为什么会有教育的标准化？重要的是思考这些问题。

　　我不知道这个世界是进步了还是倒退了。有些地方肯定是有进步的，比如战争少了，大家都希望和平。以前一个国家发动战争，老百姓都会卷进去，现在有了改变，但有些事情上好像并没有进步，像对待自然里的东西。

自 然 的 恩 惠

　　农业教育中经常说到好或不好的概念，但真正种地的人是很难下这个定义的。对我来说，考虑这是好的种子、那是不好的种子，是很可怕的事。有人种地时会说这种虫子是好的、那种虫子是不好的，而土地本身不会有这种判断。肯定有些虫子会吃菜叶，但它们不可能吃掉全部；除了吃菜叶，虫子也吃杂草。如果种子不是太强壮，就有可能死掉，就像人会生病或死去，但不是所有蔬菜、所有品种都会死。这是很自然的事。如果不破坏作物生长的环境，它们就能保持一种稳定；如果突然破坏它们的环境，它们就会失去平衡。可能你会发现，全部作物很快都会死掉。

　　食物是自然的恩惠，它们是自然给人吃的东

六 说

西。我相信这样的想法，不然我就做不下去。我
们应该更好地理解自然。

　　有的人害怕和担心的东西太多了，那种感觉
才真正可怕。十年以后想做什么，我有愿望，但
无法确定，因为它是会变的。太多期望会带来太
大压力。我也会感到害怕，但通常是接受它，不
会欺骗自己说我没有害怕。当害怕的想法出现，
我会想：好吧，我很害怕，那我可以做什么呢？
然后看看自己为什么害怕。害怕是活在自然里的
人都会有的很自然的想法。

　　如果问题出现，我会选择和它面对面，不逃
避。人经过那种时刻就会有些经验。每个人的性

自 然 的 恩 惠

格不一样，大家不可能都走同一条路。我不是要告诉所有人我的方法，而是说你要知道自己是怎样的人、和自己的路对话，最重要的是接受自己。

现在很多人活得太干净，他们也许是逃跑的人。比如很多人知道生气不好，总是要求自己不生气，这很不自然，感觉生气了就接一下。我喜欢中国人这一点：生气时不会假装自己不生气。我不喜欢太干净的人，那种感觉太假了。不好的想法，人人都可能有。我很小就感到自己有不好的想法，但遇到高兴的事情时，那个念头就过去了，好的想法总会占上风。

也有特别干净的人，这种人很少。他们学习

很多东西，学得很深，有很特别的经验。他们跟普通人活得不一样，吃的、喝的、用的都不一样。他们可以不用手机、不上网，在自然里一直待着，一年、两年、三年……但在这个世界上生活的多数人都很像。

　　未来的事情很重要，现在的事情很重要，过去的事情也很重要，它们相互联系，是一个循环。我希望和空、结麻和天梦有快乐的童年，这对他们的未来很重要。

种 子 的 秘 密

羡 慕 别 人 太 多

自 己 会 寂 寞

● F1 种子是指杂交种子的第一代，性状较稳定，但其第二代种子（F2 种子）容易发生性状分离。

在日本，大农场一般用的都是 F1 种子[*]。这种杂交种子虽然可以留种子，但品种很容易退化，所以 F2 种子里只有百分之三十和第一代有同样的味道和状态，其余的百分之七十都有变化。

　　为什么用这种种子呢？对农民来说，如果把它们和农药、化肥一起使用，耕种起来更方便，收成也更好。对商家来说，将种子和农药、化肥一起出售是门利润丰厚的生意。每一年，大农场的农民都要买种子种地。留种子是很麻烦的事，很多人宁愿买种子。

日本经常刮台风、下暴雨，这种恶劣天气会增加种地的风险。一旦失败，大农场就会损失很多钱，所以农民需要保险。我在日本的大农场工作过。农场如果购买某个大农资公司的种子，对方会为农民买相应的保险；如果不买他们的种子，就没有保险。所以，农场里往往放着很多没用的农药、化肥瓶子，没用却必须要买。这是现代农业的方式。

种子问题是世界范围内的一个大问题，我们处在变化最大的时代。过去，农民没有钱还能自

种 子 的 秘 密

己留种子，生产和生计还能继续。现在如果没有钱，农民连种地的机会都没有。如果农民不再自己留种子，那就不得不掏钱买种子。

为什么要留种子呢？种子和土地有个相互适应的过程。如果我动不动就给种子换块地，哪怕还在大理，它长得也不一定好。时间越长，种子和土地就融合得越好，大家喜欢的有机农业、自然农法就越来越容易实施。如果每个农民都自己留种子，种子就会越来越习惯土地；如果不留种子，人们就会觉得种地很困难。

我用自然农法种地，第一年用从外面买来的种子。第一年虽然也有种子可以成熟，但都不是

六 说

特别好，然后要留第二代。我会把长得特别好的那棵作物留下来，不施肥，化肥、有机肥、农家肥都不用，这样坚持三年、五年、十年……结果会很好。

　　人在种地和适应土地，地里长出来的东西也在驯化和改变人的内在。几百年后，如果我们想吃东西，还得问土地要。如果我们想保留人的情感和天性，比如开心、伤心，还得吃长在自然里的东西。所以，农业是一直要做的事情，我们永远都需要它。

　　冬天卖茄子或番茄比较赚钱，但在自然条件下，这些蔬菜在冬天是无法生长的。于是农民就

种 子 的 秘 密

用温室、大棚来种，它们跟自然生长出来的菜差别很大。为什么喜欢种地？因为我喜欢自然的感觉、自然的性格，所以想做自然的东西。我喜欢自己种的所有蔬菜和稻米的种子。算起来，我一共留过五十多个品种的种子，像萝卜、豆子、番茄都有很多不一样的品种。

　　拿种萝卜来说，因为不加肥，所以得种五六种不同的品种。第一代的种子大都不好种，不过我会观察第二代里哪些好种。要留萝卜种子的话，快开花时别收割，等着它们开花，然后挑几棵长得好的，留下它们的种子。如果一块地里的五六种萝卜之间株距太小，它们就会互相授粉。我种的地面积很小，所以每个品种的萝卜要一年留一

六 说

次种子。如果有很大的地，把不同品种分开种，就没什么问题。

种了一两年后，我就能看出哪些蔬菜品种更适合这块地。有些品种如果一直留种子，就越来越容易种。我喜欢留种子还有个很小的原因：它们开花。我以前在普通农场里从没见过蔬菜开的花，它们在开花前就被收割了。胡萝卜的花、萝卜的花究竟是怎样的呢？留种子后，我见到了很多蔬菜的花，好看得很。留种子就是留住蔬菜和花朵的生命。种子就像我的孩子，我喜欢它们、种下它们、照看它们，然后吃它们的果实。如果保留种子，生命就会延续和循环下去。这是我的本能。

种 子 的 秘 密

我愿意给别人一些种子，最希望那些做其他工作的普通人也能试着种些菜。我喜欢这样的生活 —— 每个人都种些东西、查些资料、研究自己吃的食物。如果我送种子给对方，他们可能会生出好奇心，想知道更多，也许开始对种地感兴趣，关心自己吃什么，从此有机会做一件新的事情。有人跟我说，他想把这个种子留给他的孩子。很美的想法。这是一件可以循环的事情。

农民最幸福的时候就是收获 —— 把最好的果实选出来，留下种子。第二年种子长大，农民会更开心。在真正的农民眼里，农业不是种了、收割了、一次性弄完的事情，而是延续、循环，永远都有的。当农民是很辛苦的，有时候不好玩。

六 说

可如果留种子，农民就会觉得很有趣，幸福感就多一些。

农民或做其他工作的人，大家做东西，然后交换。不需要种太多东西，不需要所有菜都自给自足，只要有一些用来交换就行……这是特别美好的事情。很多事都不是一次性的，而是可以延续、循环、交换的。好多想法都是种地时体会到的，种地给我很多启发。

稻米很容易生长，比蔬菜要强壮。米是我们最基本的食物，它一定是很厉害的物种。种稻很容易，只是得做很多事，比如育苗、栽秧、收割、晒干、打谷子……种蔬菜是撒了种子，等着收获

种 子 的 秘 密

就行。对日本人来说，米是特别重要的食物。我种红米、黑米、糯米等，有些品种之间会授粉，如果是大农场，就要下功夫多管管。自己吃的话，我觉得授粉很好玩，也很自然，不必管太多。

人后退着插秧，但种的稻秧一直在向前延伸。这很像人生，看上去在倒退，其实是向前走的。

我和阿雅想把人生安排得更好，我们试着做更多事情，像吃的、穿的这些日常事务。

阿雅买来棉和麻做扎染。先要做豆浆，不是用来喝的豆浆。磨一下黄豆，出一些豆浆，再用这些汁液浸泡棉和麻，随后晒干。重复三次浸泡、

晒干的步骤。如果用的是羊毛这类从动物身上获
得的原料，就不需要浸泡了。浸泡过的布料更容
易染色，这是一个做草木染的朋友告诉阿雅的。
她们有一次还试过用大麻当染料。很多植物都可
以做染料，像菜叶、作物什么的。接下来，把染
料和浸泡过的布料一起放进锅里煮上三四十分钟。
如果想在布上做些花纹，就要把布料扎出花的形
状后再下锅煮。扎缬*的办法很多，许多白族老人
都擅长这个，很厉害。

上次我用紫红色的萝卜染布，颜色不是很浓。
如果只靠水煮来染色，布料洗过后很容易掉色。

● 缬，织物上印染的花纹。

种 子 的 秘 密

为了让颜色更稳固，我们会用明矾水浸泡布料，也可以用别的材料浸泡，比如我们也试过锈钉子的水。要重复浸泡两次。有时浸泡会让布料发黄，不过只要洗几次，黄色就会褪去，布的颜色就变得自然了。

我们有很多不得不做的事情，但如果一点点地改变想法 —— 哦，我想做这个 —— 压力就会慢慢地减轻。不得不做的事情太多就不好玩了，"我喜欢"很关键。那些有福气的人可能比较容易转变自己的想法，但更多时候，改变想法特别难。

如果抱着一个不好的想法死守在一个地方就太沉重了，而且总是待在一个特别熟的地方也不

六 说

好玩。我觉得人应该一年去一次陌生的地方，进到陌生的事物里看看，调整自己去适应新环境，获得更好的想法。太习惯的生活、太熟悉的地方会妨碍你看到新东西，甚至会让想法退步。

我去过很多陌生的地方，完全没有认识的人，不知道怎么说话，也没有地图……但我很开心，因为发现了很多不同的事物，还有不同的人来来去去。新的事情、新的想法不断影响着我，我慢慢知道了什么是开心、什么是烦恼、什么最重要，也学会了怎么面对不同的人和事。

以前不容易看见或听见外面的事情，人也不太会跟别人比较。如今信息越来越多，有些人总

种 子 的 秘 密

觉得自己过得不好。其实不需要这么想。只有你最了解自己的情况，只要你接受你的现实、认同你的生活就够了。看到或听到的信息里有很多虚妄的东西，比如围绕种子有很多流派和争论，你需要亲自去看看究竟。事情的本质往往很简单，但外部信息来得太多，人的想法变得复杂，事情看起来就很困难。

太关注外面的事情，看太多别人的生活，羡慕别人太多，自己会寂寞。

季 节

现代人更容易被奴役了

我小时候什么蔬菜都爱吃。那时日本的蔬菜
品种和今天相比变化不大。我对超市里的菜不感
兴趣，因为完全不知道它们是怎么种出来、怎么
包装、怎么运输的。

小时候，我老家附近已经没有小型菜市场了，
我甚至不知道菜市场的存在。大家买东西都是去
超市，所有产品都摆在那里，任你拿任你买。蔬
菜、肉和鱼都是包装好的，看不见它们本来的样

六 说

子，小孩子没机会也没兴趣了解食物是从哪里来的，或者人们为得到它们付出了哪些劳动。

没有菜市场意味着从事农业的人越来越少，本地的食物越来越少，来自外地的食物越来越多，大家就不得不吃很多身体不需要的东西。蔬菜最重要的是本地和当季，本地生长的菜符合本地人的身体需要。还有，长途运输的物流成本高，消耗的能源也多。选择本地蔬菜意味着参与了环境建设，我们需要做利于环境的事。

我们可以去大理古城的大菜场看看。肉的旁边有苍蝇，这说明肉很新鲜。超市里的冷冻食品看上去很干净，但看不见它们的包装、物流过程，不知道究竟有没有问题。大家越来越喜欢这种干净的食物，因为人们相信自己看得见的东西，不关心看不见的东西。这有点可怕。

人内在的能量与吃的东西有很大关系。如果经常吃肉，人性情里倾向动物的那一面就强一些。很多养殖场里的动物被关在狭窄的笼子里，像奴隶一样痛苦地活着。我们不知道它们怎样被宰杀、怎样被包装……人和人之间也存在着奴役，一些高高在上的人会随随便便地使用权力奴役他人。这样的情形一直都有。不过现在的问题是，人更容易被奴役了。我们很容易被一些广告控制，消费主义本身就是一种控制。

六 说

　　我第一次种自己的地是在大理。这里好像什么都可以种，虽然夏天不是太热，满足植物生长条件的时间太短，雨水又多，杂草长得很旺。夏天的菜颜色很多、很漂亮。冬天的菜就比较单调，只有绿色和白色，但味道更甜、更好吃，因为阳光充足，很少下雨。

　　我二〇一二年开始在大理种地，最初是在石门村。当时，我和朋友正在村子里张贴租房广告，一个赶马的人恰好路过，说他家有房子。我去看完就租了下来。房子很简单，但院子很大，我想自己能在里面种地，慢慢地尝试。

　　在石门村住了一年后，周围纷纷开始盖房子，

季 节

左边、右边都起了三层楼，再住下去就不舒服了。我们就找到葱园村，租了新的房子。葱园村附近没有能种水稻的田，我就在洱海边的生久村租了田，每天骑摩托去海边种水稻。

二〇一三年，我们搬到上银村，在那里租了地种田。二〇一六年那次收割，来的朋友更多了，大家到得有早有晚，说着不同的语言。后来，我们想缩减下人数，真正喜欢体验种田的人就来。人们选不选择做农业都无所谓，我只是希望给他们提供一个认识食物、认识农业的机会。

种地需要试试才知道。比如我家的地太肥，不太适合种红薯。种红薯，地越瘦越好，地里的

六 说

温度越高越好。玉米的话，糯玉米是老品种，甜玉米是新品种。老品种很容易授粉，吹一阵风就授粉了，种子就变成了杂交的，所以留老品种的玉米种子有点难。我留过玉米种子，但有几颗授粉后变了颜色。

大理的自然环境好，很多人从城市来到这里，成了一种流行现象。大家从外面来，没见过种地，关心食物、关心农业，这很好。不过，现在有机农业变成了一门生意——哦，这是有机的，所以好。等大家不再把它当作生意就更好了。不用农药和化肥本来是很自然的事，什么时候变得那么稀奇了？传统农民的生活就是这样的。

季 节

　　人跟自然是一体的，自然已经安排好了一切。像南瓜是夏天种、秋天和冬天收的菜，它成熟时正好人的身体也变凉了，需要吃暖和的温性食物。不少人喜欢夏天那些五颜六色的漂亮蔬菜，但在四季分明的地方，冬天不长夏天的菜。冬天的番茄卖得贵，因为它们是在塑料大棚里长大后被运到本地来卖的。如果冬天时吃了夏天的菜，人的身体就会变得寒凉；而夏天吃了冬天的菜，身体就燥了。感冒时，我们要多吃姜、白菜、南瓜、胡萝卜，尽量别吃番茄、青椒、土豆、茄子这类凉性的茄科蔬菜。食物的影响是慢慢出现的，多数时候人们都不太在意。

　　如果内心很满足，吃什么身体都会很健康；

六 说

如果活得不开心，吃再好的东西身体也不会好。吃自然里长出来的好东西，是给你机会去改变和解决心的问题。

最重要的是你接受自己的生活是什么样子。生活不可能完全由人的意志控制，比如在外面吃饭时，你很想吃得营养、健康、安全，但做不到。有的人总抱着"我不想吃"的心态在吃，这太矛盾了。如果你真的想吃健康、安全的食物，就自己种、自己做。把心放在种的东西上，为获得它们付出劳动，食物里就有了你的心思和气力，这是一种循环的能量。

自然农法为什么不加肥？加肥就容易生虫子，

菜就会生病,就要打农药。所以,我更愿意种那些不加肥也能长大的菜。不过,有些菜比较喜欢肥料,像茄子、秋葵、土豆、洋葱。最喜欢肥的是茄子,它们会吸收很多肥。我种下茄子后一般先不加肥,看看它们生长的速度,如果太慢就加一点点肥,不能太多。

泥土里对作物生长影响较大的两个元素是碳和氮,保持它们的平衡很关键。如果氮太多,碳太少,地就会越来越瘦,病虫问题就会越来越严重。我会把菌子、腐木、杂草、木屑等制成肥料来增加地力,因为这些物质中碳的比重大一些。

书里有很多关于种地的专业知识,但我不喜

六 说

欢像搞科研那样精确地种地。地里的成分不用搞得太精确,植物可能会相互交换。菜需要氮,杂草里有很多氮,它们可以交换。拔完草后可能会发现:咦,菜也不长了。它们是共生关系。我相信植物会通过根、泥土相互交换 —— 这个多了,给你 —— 这是我的想法。

我们往往做得太多,旧的问题解决了,新的问题又出现了。我是很简单的人,喜欢种地就种地。除了种地,我还做音乐、做按摩,应该比朝九晚五上班的人压力小。我不是多厉害的人,好多时候都抱着玩耍的心态生活。在农村里,吃、穿、用的东西都是自己做,每个人做几种,然后相互交换。哇,没有钱也能吃到这么好吃的东西。

季 节

我常常感到很富足。

　　无论是有钱的人还是没钱的人，内心富足都是最重要的。我希望有钱人也能自己种种地、做些东西，不是只有穷人才这样过日子。有钱人对社会的影响比较大，如果改变他们的想法，让他们明白这种生活很开心，让他们喜欢过这种生活，世界慢慢就会变得不一样。

　　做事情最难的是开头，之后就简单了。比如一个人过去在城市里生活，现在打算出门旅行，难免感到害怕，没什么信心。但只要迈出第一步 —— 准备材料、装备、工具，接下来自然就会有第二步、第三步……

事物，或幻想

喜欢“调和”这个词

在农民的日常生活中，做发酵食物是个很重要的工作。冬天没地可种时，大家就腌制、发酵食物，把它们保存起来过冬。春天来了就开始种地。根据季节来安排生活和工作，很厉害也很科学。

我们生活的空间里充满各式各样的细菌。好的菌会让人很开心。如果家里不大干净，出现了发霉的菌，人就会感到丧气。我做了很多发酵食

217

六　说

物，家里有很多发酵的菌群和好闻的味道，气氛也变得平和，有活力。细菌是看不见的东西，但我相信它能帮忙解决一些问题，不只是空气，还有每个人的感觉、气息。我愿意推荐大家做些发酵食物。

　　我家有三个灶：一个泥巴烤箱、一个取暖炉子、一个本地人常用的灶。三个灶的用处不一样。本地灶的火力很大，蒸东西很方便，我用它做味噌。用柴火烤出的东西和用电烤箱或炭火烤出来的味道不同，制作食物时的心情也不同。我想一直过用柴烧火的生活，这让我感觉富有，跟钱没关系。我做东西不想花太多钱，如果用便宜材料也不错，就用便宜材料。

事 物 , 或 幻 想

刚搬进来那几个月特别忙。我换了一块地种，阿雅怀着结麻，和空一岁多了。我们在卧室里放了煤气灶，搭了帐篷住在里面，别的房间都腾出来装修。我们希望在结麻出生前把房子装修完，时间很紧张。院子里堆着乱石和沙子，和空就在上面玩。半年没有卫生间用，我们只能去村里的朋友家洗澡，有时用灶烧水给和空洗澡。

一些朋友从日本或别处来到我家。他们都是四处旅行的人，需要个睡觉的地方，房间没整理好，他们就搭帐篷住下。阿雅给他们做饭吃，他们帮我们干活。如果他们不在，我可能到十月都做不完工作。辛苦的时光过了就忘了，回想起来挺有意思的。

六　说

　　日本人说的"百姓"是可以做一百件事情的
人。我是个百姓，意味着我会种地、做吃的、做
乐器、做衣服、做包……衣、食、住是生活里最
重要的三样东西，我还应该盖所房子，这是我的
梦。过去盖房子的技术太厉害了，不用钉子，完
全是榫卯结构，需要花很多时间计算。等年纪大
些，我们的经济状况会比现在好，时间也更多，
到时我想自己盖房子。

　　"调和"可能是女人的本性。在我原来的家
里，爸爸、哥哥和我都不怎么管别人，只是看自
己，妈妈就得看看这个家怎么调和。世界也需要
调和，但现代人的调和能力好像越来越弱了。传
统的日本人擅长调和，他们不觉得自己玩好就行

事 物 ，或 幻 想

了，而是希望大家一起开心。我是日本人，但在外面待久了，这种能力也变弱了。

我见过很多十多年来一直在旅行的人，他们开始旅行是因为想要自由 —— 哇，自由太好了。一个人旅行久了，自由的感觉会有变化：慢慢地其实很难体会到自由的意义。有了责任也能过自由的生活，而且更好玩。现在所有事情，我都会跟阿雅和孩子商量。我没主意时，她会给我出主意；做东西时，她会提醒我注意一些很细致的问题。她偶尔会担心我们未来的生活，我告诉她：不要担心，这是我的工作。

现在大家越来越习惯在超市买半成品吃，一

六 说

家人围坐一桌吃饭的时光越来越少。相比起来，中国人和法国人似乎更喜欢在一起做饭，然后慢慢地享用。在家里做东西吃，家庭氛围会变得很温暖。

我还是喜欢喝味噌汤，每天都喝。在外面旅行时，我总是很想念味噌汤。如果三四天不喝，回家喝上一碗味噌汤 —— 哦，身体太舒服了。日本人做味噌汤，先要把海带、蘑菇、干鱼片、干海贝等食材泡上几小时，然后做成汤汁，再用它来做味噌汤。如果汤汁的味道足，就不用放太多味噌。日本料理中所有的炖菜都要靠这一道汤汁。

过去在日本，大家都是自己做发酵食物，以

事 物 ，或 幻 想

家庭为单位生产，然后拿去小卖部里交换。同样的食物，每一家、每一次做的味道都有差别。因为不同的人身上带着不同的菌，存放在哪里、在哪里曝光也会影响口味。在大工厂里，工人们穿着绝对干净的衣服，戴着绝对干净的帽子和口罩，待在消过毒的空间里。无菌环境生产出标准化的味道，却做不出自然丰富的好味道。发酵食物应该始终来自不同的家庭，由小家小户生产。做味噌前，我会尽量洗干净手、食材和容器，但不是绝对洁净，跟日常生活中的清洁程度保持一致就行。

我的爷爷奶奶出生在二十世纪二三十年代，他们都知道怎么做味噌。到了我父母那一代，很多人都不会做了。当时日本经济腾飞、市场发达，

六 说

很多食品都能在超市买到，它们都被调制成统一的味道。这不全是商家的问题，客人也有责任，因为他们常常会问：哎，这个味道怎么跟上次的不同？既然客人要求标准的味道，很多商家就会使用调味剂、添加剂。

如果能接受自然的变化，生活会更有趣。食物的生产、日用品的生产，都是制作者和消费者共同参与的结果。它不只是农民、手工业者或大公司的责任，普通消费者也要接受自然界的丰富多样，比如不太好看的菜、味道不同的味噌。我们能不能更好地理解自然，决定着生活会不会变得更好。

事 物 ，或 幻 想

　　由于发酵时间长，变化缓慢，味噌大部分时候味道是稳定的。米酒发酵时间短，变化很快，所以很难每次都满足大家的口味，总会有点不满足、有点遗憾，感受这些变化也很好玩。去年冬天，我们做的米酒味道还不错。有时候，米酒会发酸，我不喜欢酸味。有的朋友说：带点酸味还行。有的朋友说：哎，这是一种新的酒。后来大家喝醉了，什么味道都无所谓了。

　　大家可以试着做些发酵食物：味噌啊，酸奶啊，醋啊，酒啊。

　　多数人都是用牛奶做酸奶，却不知道豆浆也能做酸奶。这种酸奶做起来很简单：在一斤豆浆

六 说

中放入十五到二十粒稻米，然后盖上一层纱布，把它放置在二十摄氏度左右的地方。稻米壳自带乳酸菌，所以用它来做酸奶。夏天时发酵一两天就可以，冬天需要更久些。有一点很关键，你得了解某种食物在发酵过程中是否需要空气：需要空气的就给它蒙上纱布，注意不要让水滴进去；不需要空气的，就盖上盖子密封起来。

过去，日本人还喜欢做纳豆。我好久没做纳豆去集市卖了，因为它的工序有点复杂，卖得太便宜会亏本，但我又不想卖得太贵，干脆不卖了。以前，人们用稻草、柿子叶、枇杷叶等包裹黄豆来做纳豆，因为这些植物里含有纳豆菌。做纳豆时要非常注意温度和环境，因为纳豆菌很敏

事 物 ，或 幻 想

感，不好控制。如果周围还有别的东西在发酵，它很快就会受到影响，很容易就变味了。纳豆菌的生命力很强，听说一百摄氏度以上的高温都杀不死它。很多时候，别的菌已经死了，但纳豆菌还活着。

　　如今，日本超市里卖的纳豆都是用现成的纳豆菌做成的。我习惯用自己田里的稻草做纳豆，先把黄豆蒸熟，再煮稻草。煮稻草是为了把别的菌先杀死，留下纳豆菌。然后，用稻草把蒸好的黄豆包起来，放在四十摄氏度左右的地方。等豆子的温度降下来后，再把它们拿到冰箱里放几天。因为没用现成的纳豆菌，所以我每次做出来的纳豆口味都不太一样，但自己吃完全没问题。

六 说

做柿子醋和葡萄酒也很简单。柿子皮和葡萄皮里都含有酵母菌，所以做柿子醋和葡萄酒时，不要把果皮洗得太干净。

先说说柿子醋。洗净柿子，把它们一个挨一个放进玻璃瓶里，然后密封起来。第一周，每天都要打开盖子搅拌一下，之后就不用管了。放上一年，柿子醋就做好了。

怎么做葡萄酒呢？把葡萄捣碎放进瓶子里，然后盖上盖子密封发酵，两三个星期就好了。如果在里面加糖，就成了更甜的葡萄酒。如果不加糖，用甜一点的葡萄做，酒的口味更好。我的经验是小葡萄的甜度比大葡萄更合适。葡萄酒做好后，如果打开盖子放入空气，它就变成了葡萄醋。

如今日本产的酒多是高温杀菌后装入瓶中销售的。自己酿酒的话，因为没有蒸馏设备，酒里的菌群不会被高温杀死，一直在活动变化。自酿的酒每次滋味都不同，很有意思。发酵中的酒对身体也很好，那些有生命的菌群能帮我们清扫身体。

做甜酒更容易。把糯米和酒曲和在一起，放进电饭煲里保温二十四个小时就好了。相比之下，米酒没那么甜，它是用普通大米和酒曲做成的，放点酵母菌发酵会更好。米酒发酵期间，隔几天得搅拌一次，让菌群更活跃，一般放上三个星期就成了。我还想用做蒸馏酒的方法做味淋[●]。

酒发酵时要完全密封，不能和空气接触。因为酒曲菌里有糖分，空气里有醋酸菌，酒曲菌和醋酸菌混合、发酵后就会变成醋。如果做的酒发酸，倒不妨把盖子敞开些，让酒和空气中的醋酸菌充分接触，酒就会变成醋。这个办法可以用来补救一些做得不好的酒，如果本来就想做好吃的醋，那第一道做出来的酒也得很好。

做发酵食物时，要和自然中的微妙物质细菌打交道，许多变化都是看不见的。做好了会非常

● 味淋，日式调味米酒，色泽淡黄，味道微甜。

事 物 ，或 幻 想

开心：哇，这么好喝！做坏了会感慨：哇，和好
喝的差距那么大！大家常常会想：神帮助我们做
出了好东西。所以，日本的酒厂都会供奉酒神，
一般挂在厂子的大门顶上。当然，食材本身也很
重要。

　　我正试着做简单的奶酪。大理的牛奶很好，
不用高温杀菌。把牛奶加热到三十五摄氏度左右，
在里面加点柠檬醋或酸奶，还有凝乳酶，然后混
合搅拌，放五到十分钟。牛奶凝固成块后，撇掉
表面多余的水分，把它放入六七十摄氏度的水里，
戴上手套，用手不停地撕扯几分钟，继续放置三
四十分钟。等奶块有些黏性了，再把它放到八十
摄氏度的水里撕扯，如果黏性不错，从水里捞出

来自然晾干就可以了。

　　好做又好玩的发酵食物大概就是这些。做发酵的东西不能急，自然里的很多事都是不确定的。如果有人说：用几十分钟或几个小时能做好一种食物，到了规定时间你肯定会马上去看，没做好的话就会很失望。但那可能是因为食物本身的发酵速度比较慢，也可能跟温度或材料有关，当然也可能是失败了。不过这时还是可以等等看，不用着急。

　　日本农民一般春夏种地，秋天收获。冬天种不了地，人们就在家里用大米做酒，用白菜、萝卜做腌菜，用豆子做味噌……冬天气温很低，很多不好的细菌都被冻死了。食物在好的菌群环境里慢慢地发酵，产生一种纯正的味道。夏天的话，菌群比较复杂，食物发酵时容易产生腐烂变质的味道。

我 们 的 天 性

自 然 农 法 教 给 我

试 试 不 去 打 扰 孩 子

日本是一个融合力很强的国家。它有传统的地方，又有很多前卫的地方，有主流文化，也有很多地下文化。

　　我对东京的印象是特别前卫。街边一座看上去很平常的房子，进去后完全是另一个天地——各种各样的人、丰富多彩的地下演出。我喜欢玩，结识了很多人。他们告诉我：你那么年轻，还没真正工作，应该去一趟澳大利亚，看看不一样的

六　说

东西。我的家境很普通，但父母理解我想出门看世界的愿望，给了我一些帮助。我带着三千美元去了澳大利亚。

第一次出国，开始有点害怕，因为面对的环境、语言和人都不太一样，没有朋友、没人接应。不过在同龄人中，我算是比较独立的。去澳大利亚前，我独自在日本旅行过，知道怎么安排路上的生活，也知道会遇见很多朋友，心里已经有些准备了。

后来去泰国旅行时，我认识了阿雅。她也是一个人旅行，想见识不同的人和世界。她小时候不是很独立，需要很多照顾和关爱。我觉得，所

我 们 的 天 性

有人到了某个年龄都想变得更独立，不需要朋友
或伴侣也能生活。

　　阿雅最初给我的印象是：很好看，有些男孩
子气，特别开放。她来自名古屋，名古屋的女人
说话都有点糙。如果一个女人既好看又安静就好
了。这是我刚认识她时的感觉。不过，我那时完
全不想交女朋友。如果自然地有了女朋友也可以，
但我不会主动去找。大约有一两个月，我们保持
着朋友的关系。但我很喜欢阿雅的心，她的心对
人没有分别。我对人是有分别的 —— 这个人是这
样，那个人是那样……然后很自然地按照这种区
别选择朋友。

六 说

那时候，我们很穷，租的房子很小，床也很小，被子薄薄的。没有太大的地，我只能在院子里一块小小的地上种菜。但两个人在一起就很好玩，生活很简单、很可爱。后来，和空来了。这是缘分。如果没有他，我们可能已经分开了。

阿雅怀上和空时，我二十六岁。我们面临一个选择：待在大理还是回日本？有孩子后，很多人可能会回国过稳定的生活。但我们在日本什么也没有。大理的小房子虽然是租来的，条件不太好，但毕竟是个落脚的地方。如果回日本，我们得找个地方住下来。我对老家不怎么感兴趣，和那里的人生活方式不一样。我也不想为了孩子跑去城里找一份不喜欢的工作。很多人觉得，他们

我 们 的 天 性

努力工作是为了孩子。孩子长大后也许会为此感谢父母，但也会觉得父母有点可怜吧。我喜欢这样的想法：我有孩子了，所以要活得更好玩。

很多人问我：你有三个孩子，不害怕没有钱吗？我不怎么担心。有了孩子，我会更认真地生活，做自己喜欢的事情，钱自然会来的。有老婆和三个孩子，这个家庭责任让我脚踏实地地生活。如果哪天害怕了，就说明我的生活能力不行了，我就要改变。现在的人担心的事太多了，保险公司正好利用了这种心理 —— 你担心什么，它就在你担心的事情上做生意。我不是说保险不好，但它可能不是最基本的。因为担忧而去过一成不变的稳定生活，幸福感会越来越少。

六 说

一个大学生毕业了，他最想做什么呢？公务员。为什么呢？因为靠谱和稳定。喜欢这个工作吗？不喜欢。也许一些人在成长过程中，家庭出现了经济困难，这是可以理解的。但如果你寻找的人生是这样的，可能很难带给别人幸福，因为你自己的心不幸福，哪怕你过着富裕稳定的生活。

你想给别人幸福吗？我经常问自己。我想试着给别人幸福，大的小的都无所谓，如果我活得开心，就有机会给别人幸福。所以，我不想放弃自己的活法。

和空、结麻和天梦是我的孩子，我不需要为了他们而违背内心，被迫改变。现在我要照看他

我 们 的 天 性

们，做不了太多自己的事情，不过还是很自由。
对小孩子来说，爸爸妈妈过得幸福是最重要的。
不然，他们的心理会有问题。在上学以前，小孩
子不太明白穷或富的概念，只会看父母开不开心。
等孩子长大了，我希望他们觉得：我们小时候很
开心，爸爸妈妈很好玩，也很自由。

虽然没太多钱，我的心是幸福的。有时和阿
雅吵架了，我会很生气，我也会很自然地跟孩子
生气。我不需要假装幸福，不想给他们假的开心。
我的心情不是秘密。如果心情不好，碰巧又跟孩
子在一起，让他们看见了，我会跟他们说：我心
情不好。自然长大的孩子从小就了解：开心或不
开心都是自然的。我们之间的感觉是自然而然的，

所以我带孩子没什么压力。

　　自然农法教会我很多。当作物还是小苗时，我管得多一些，比如杂草长得太盛，就除掉一些。作物有自己的力量，不用管太多，不然它们的生命力就丢了。带孩子也是一样，我会帮助一点点，但不会太操心。他们有自己的生命，需要自己成长。

　　他们小时候不会自己做饭穿衣，我肯定要帮忙，但等他们长大，就不用管那么多了。他们有自己的想法，想做什么、玩什么，我都试着不去打扰。小孩子有时需要父母告诉他们哪个好、哪个不太好。我会告诉他们一些道理，也会跟他们

我 们 的 天 性

说：现在也好，长大也好，你们自己考虑这个好不好。他们可能会想想我说的话，也可能很快就忘了。

种过菜的人会知道，每一粒种子的性格、愿望、命运都不同：有些长得慢，有些长得快；有些病弱，有些结实；有些很开心，有些很疲惫……我希望每个人照着自己的节奏自然地生长，不需要活得像别人。孩子有他们的缘分、他们的人生……那是他们的，不是我的。我只是给他们好的环境，没别的要求。

我和阿雅带孩子，好不好还不好说。他们还小，长大后是好人还是不好的人，我们也决定不了。我希望他们幸福、满足，知道自己是什么样的人；希望他们不给别人添麻烦，不做对自然不好的事情。至于做什么工作、赚多少钱，无所谓。

　　一个人永远都是孤独的，我们要靠共同体才能生存。在人与人的交往上，我们要有协调能力，愿意如实地了解和接受他人。做一个真实的人，从事有意义的工作，快乐地生活，让周围的人感受到一种能量，唤起大家的行动。哪怕是很小的事情，也能让世界有所改变。这是我对目前的问题接受、思考和实践后得出的答案。

天空中的梦

最辛苦的日子过去了

又会觉得它特别甜

孩子出生前，我们很难真正体会到当父母的感觉。因为肚子里有小宝宝，女人可能会有更多感受，但大多数男人都无法想象自己当爸爸的样子。

生和空前，我没什么感觉，也不怎么害怕，只是想试试在家里生孩子。我和阿雅讨论在哪里生，我提议在家，因为见过一些朋友在家顺利地生下孩子。而且，当地的医院不允许丈夫进产房，阿雅又不会说中文，到时候肯定很害怕。如今，

六　说

我们生了三个孩子，有了些经验，可以说恐惧是
最不利于生产的。决定在家生后，我问过有经验
的朋友，又买来两本书学习。不过，我们事先没
告诉父母，怕他们担心。

和空出生那天是四月十日。早上，阿雅的羊
水破了一点，毕竟是第一次生孩子，我们还是很
紧张。白天，阿雅感觉还不错。傍晚，我们出门
去散步，回家后生起火炉，也没怎么吃饭。晚上
八点左右，阿雅开始阵痛。但我们都不清楚究竟
到了哪个阶段。后来知道了，疼痛发作时，她应
该继续干活，再吃点东西，像平时一样活动会让
生产更容易。第二天凌晨五点四十，我从后面慢
慢扶着阿雅站起来，在重力的帮助下，她生下了

天空中的梦

和空。

和空是个很小心的孩子，他爱干净，胆子不大，用了东西后会收拾好。他表情也很多，笑呀，哭呀，开心呀，生气呀……因为他很好带，没让我们操什么心，所以我和阿雅决定再生一个弟弟或妹妹。

和空八个月大时，阿雅怀了结麻。那时，我们住在古城外面的山上，周围盖了很多客栈，环境越来越杂乱。加上我开始种水稻了，我们就想搬到离田更近、更安静的地方去住。214国道附近有不少村子，我们有时间就去找房子，四五个月里看了五六十所房子。最后经朋友介绍，我们租

六 说

下了现在的房子。

　　四月，我们搬了过来，打算一边生活，一边修整破旧的房子。结麻的预产期是十月，我们想在那之前修好房子。我还在银桥租了新的稻田和菜地。按理说，搬来的第一年顾不上种地，但它对我来说非常重要。那半年显得特别长。院子里堆放着沙子、水泥，到处都是乱糟糟的。我种地、装修房子，太忙了，心越来越累。阿雅也很辛苦。和空开始学爬、学走，什么都想尝试，把各种东西放进嘴里。我们没什么时间管他和陪他。有时他哭了，我们也很容易着急、生气，回想起来有点抱歉。我陪阿雅去医院做了好几次检查，她和结麻都正常。这样慢慢到了十月，房子装修得差

天 空 中 的 梦

不多了。

　　十月六号早上，阿雅开始做生孩子的准备。疼痛来了，她就趴下来，像猫拱背一样，这个动作对缓解疼痛有好处。疼痛过去了，她就继续做饭、擦地板、收拾屋子、跟朋友聊天……跟平常没什么不同。傍晚，她洗了澡，感觉疼痛变得明显了。我带着和空去村里散步，六点左右回到家，和空去睡觉了。我去阁楼上看阿雅，她在打坐。她告诉我：越来越疼了，应该快来了。

　　因为害怕生和空时那种疼痛再来，阿雅试着接受。她说：接受以后，身体放松下来，完全不疼了。八点左右，结麻慢慢地出来了。生下结麻

六　说

后，阿雅感觉还有力气，就站起来穿好裤子，收拾了一下。然后，我们就睡觉了。

第二天早上，和空起床，看见旁边睡着结麻。他露出搞笑的表情说：哎，小了小了。他当时一岁半，还不太会说话，他想说妈妈的肚子变小了。

我喜欢麻这种作物，平时喜欢做麻籽油和一些麻制品。几千年前，中国和日本就有人种麻，它用途广泛，可以榨油、造纸、盖房子。日本和麻很有渊源。大家还喜欢用麻来起名字。麻很结实，麻绳和麻绳结起来就是更结实、更神秘的东西，所以我起了"结麻"这个名字。

天 空 中 的 梦

　　结麻是跟和空不一样的宝宝，他喜欢哭。和空很开心有了弟弟，但有时也会妒忌，觉得爸爸妈妈的爱给抢走了。所以他明明已经学会走路了，还是要我们抱。那段时间，我和阿雅忙不过来，总是吵架。结麻长到两岁左右，两兄弟终于可以一起玩了，也不怎么找爸爸妈妈了。我们松了一口气：哇，有两个孩子太好了。麻烦的是两个人打架，因为年龄相差不大，他俩差不多五分钟就要打一架。打架明明是他们自己的事情，却总有人来找我们解决，我讨厌这个。

　　孩子小时候处处需要父母照顾，喜欢缠着父母。大人很辛苦，有时也很烦。不过想想看，等他们长到十几岁，就不会再让我抱，也不会这么亲近我了，可能还会冲我说：啊，你太吵了，怎么老是说那么多啊？我很珍惜这短短几年，一旦过去就没了。回想那时一边种地，一边装修房子，每天都累得不行，我常常想：哦，不行了不行了。可过后又感到那段时光特别甜。人需要经历一些辛苦的时光，才能酿造出甜美的回忆。

二〇一七年二月在泰国玩时，知道阿雅怀孕了，我们回了日本一趟。四月，一家人回到大理，慢慢为天梦的出生做准备。九月，和空、结麻去银桥镇上幼儿园。白天孩子不在家，我和阿雅两个人很开心。

天梦出生前两周，我用紫米和糯米舂了年糕。

天 空 中 的 梦

在日本，这是产妇吃的食物，有催奶作用。我也
准备了维生素水和做咖喱用的姜黄粉。等羊水破
了，要把姜黄粉覆在卫生巾上，还要给阿雅喝维
生素水，它们都能防止感染。

　　十月十四号白天，我在柴米多集市摆摊。晚
上，朋友开派对，他们问我要不要做 DJ，我说不
做了。那晚，我们十一点半回到家。和空、结麻
困得不行，我给他们换衣服睡觉。那时，阿雅觉
得羊水破了。不过我们都太累了，所以决定先睡
下休息休息。因为是第三个孩子，我很放松，明
白最好的接生是什么都不管。等孩子生下来，我
负责处理胎盘和清洁脐带就好。我跟阿雅说：先
睡到三点吧。凌晨两点左右，我上楼烧火，阿雅

六 说

也来到楼上。四点半左右，厉害的阵痛开始了，我们觉得天梦马上就会来了。

早上六点，和空、结麻起床了。我问他们：你们想看吗？之前我给他们看过一些生孩子的纪录片，他们不怎么害怕，都说要看。我就带他们来到阿雅旁边，他们并不觉得奇怪。和空哭了一次，他心很软，看到妈妈痛苦的样子很难过。我跟他说：没事，小宝宝出生时都是这样的，妈妈很认真地和小宝宝一起做这件事，你开心就好了。他就不哭了。

生和空时，我在一旁看到阿雅很辛苦，就给她很多意见。但那样太吵了，也没有减轻她的痛

天 空 中 的 梦

苦，她当时肯定很难过。生结麻时，阿雅不要我在旁边，我就没做什么。生天梦这一回，阿雅要我抱抱她。我有点奇怪，因为她头两次都不需要我。于是，我抱着她，把手放在她手上，她就很放松。我猜，每个小宝宝离开母体前，妈妈都会感到担心和不舍。和空、结麻出生前，阿雅也有过类似的体验，只是这一次更敏感，所以要我陪着她。

不管在哪里生孩子，我都推荐夫妻俩学习一些生产常识。在日本的医院里，丈夫可以进产房陪伴妻子。但如果丈夫对生孩子一无所知，到时可能很紧张，这会加重妻子内心的不安。如果丈夫知道生孩子时妻子会经历哪几个阶段的疼痛，

六 说

更理解她的辛苦，她就会感到安慰和放松。

　　那是很自然的一天，天梦来了。后来我们都
累了，一起躺了一会儿。天梦，天空中的梦。

苏　娅

生于云南，钟爱阳光和风土的写作者，

关注自然和文学。

上条　辽太郎

日本千叶人。旅居大理七年，现居浙江，

昵称"六"。

图书在版编目（CIP）数据

种子落在泥土里 / 苏娅著；(日) 上条辽太郎述
. —上海：上海教育出版社，2023.6
ISBN 978-7-5720-2081-0

Ⅰ.①种… Ⅱ.①苏… ②上… Ⅲ.①纪实文学－中
国－当代 Ⅳ.① I25

中国国家版本馆 CIP 数据核字 (2023) 第 117750 号

策　　划：北京乐府文化传媒有限公司　责任编辑：刘美文　王　璇
书籍设计：苗　倩　　　　　　　　　　特约编辑：吴嫦霞
封面图片：子　姜　　　　　　　　　　营销编辑：云　子　帅　子
责任印制：耿云龙　　　　　　　　　　　　　　　杜　彦　小　飞

种子落在泥土里

作　者：苏　娅　[日]上条　辽太郎

出版发行　上海教育出版社有限公司
官　　网　www.seph.com.cn
地　　址　上海市闵行区号景路159弄C座
邮　　编　201101
印　　刷　天津丰富彩艺印刷有限公司
开　　本　787×1092　　1/32　　印　张：8.625
字　　数　80千字
版　　次　2023年6月第1版
印　　次　2023年6月第1次印刷
书　　号　978-7-5720-2081-0/G.1865
定　　价　52.00元

如发现质量问题，读者可向本社调换 电话：021-64373213